KEITAI
SHOUSETSU
BUNKO
野いちご SINCE 2009

新装版 好きって気づけよ。
~幼なじみと甘い恋~

天瀬ふゆ

○STARTS
スターツ出版株式会社

カバー・本文イラスト/かなめもにか

＼甘すぎ注意報発令中／

「渡さねえよ、誰にも」
天然美少女の幼なじみは、甘くて俺さまな男の子？

☆ﾟ+..+ﾟ☆ﾟ+..+ﾟ☆ﾟ+..+ﾟ☆
坂野 凪　×　佐伯心愛
Sakano Nagi　Saeki Cocoa
☆ﾟ+..+ﾟ☆ﾟ+..+ﾟ☆ﾟ+..+ﾟ☆

「赤くなんなよ。俺の前以外では」
「キスしたくなったからしたの。悪い？」
甘い彼にときめきっぱなしで
「かわいすぎてこっちの心臓がもたねえ」
「もう少し自分の容姿を自覚しろよ……」
俺さまくんの苦悩も絶えません

「悪いけど、彼女もらっちゃうから」
「ねえ。いま、どきどきしてるでしょ」
イケメン転校生＆美女な先輩も参戦!?

「"幼なじみ"はもういやなんだよ」
「凪くんがいないと……やだ」
幼なじみだからこその不器用恋愛
糖度高めな彼にご注意ください!!

新装版
好きって気づけよ。
～幼なじみと甘い恋～
登場人物紹介

佐伯 心愛 (さえき ここあ)

高1の癒し系天然美少女。男子人気は高いけど、本人に自覚はなく、初恋もまだ知らない。

小林 舞香 (こばやし まいか)

心愛のクラスメイトで、しっかり者のお姉さんキャラ。チャラい栗原を嫌っているけど…？

☆ contents

第1章　友だち以上恋人未満

幼なじみのふたり	10
スウィート・ケーキ	19
恋ってなんですか？	31
キミ限定王子さま	45

第2章　ライバル転校生

プレイボーイ転校生	56
子どもっぽくてごめん	74
怒らせちゃう性分	88
少しだけ苦手です	101

第3章　さよなら幼なじみ

ヒーローな転校生	112
笑顔の裏に過去	121
よそよそしい態度	131
苦いファーストキス	140

第4章　素直になりましょうよ

後悔あとをたたず	156
そばにいたい理由	165
閉じ込められました	172
幼なじみに終止符	182

第5章　これからもずっと

美人先輩の計らい	196
嫉妬させてやります	206
甘いセカンドキス	220
幼なじみと甘い恋	228

番外編1　もうひとつの恋

好きって本気だよ	238

番外編2　ふたりきりのクリスマス＆バレンタイン

初めてのバイト	256
かわいすぎる店員	264
幸せなクリスマス	274
バレンタインデート	283
チョコより甘い××	292

新装版限定特別編　キミのためなら

もしかしてストーカーですか	302
どうして、ほかの女の子に？	313
あいつしか好きになれねえよ	320
ずるいくらいかっこいいです	328

あとがき	336

第1章
友だち以上恋人未満

☆ ☆ ☆ ☆ ☆ ☆ ☆ ☆
誰より近い相手だからこそ
気づけなくて、言えなくて。
☆ ☆ ☆ ☆ ☆ ☆ ☆ ☆

幼なじみのふたり

　校舎が夕日色に染まる、10月下旬のある日の放課後。
「遅くなっちゃったなあ……」
　部活に励む生徒たちの声が遠くに聞こえる中、教室の掃除を終えた私は、足早に校舎裏へと向かっていた。
　今日の朝、いつもどおり登校すると、1通の手紙が靴箱に入っていた。
　封筒の裏を確認してみたところ、差出人は話したこともない、となりのとなりのクラスの男の子で。
　話があるから、放課後、校舎裏に来てほしいとの内容だった。
「話って、なんだろ……？」
　持ってきた手紙を眺めながら、ぽつりと小さく疑問をもらした。
　接点もない男の子に突然呼び出されるなんて。
　私、自覚してるほど、どんくさいし……。
　知らないうちに、なにかしちゃったのかな……？
　わずかに胸に不安を抱きつつ、指定された場所へと急いだ。
　校舎裏につくと、相手らしき男の子はすでに待っていた。
　その緊張したような横顔は、夕日のせいか、とても赤く染まっている。
　今日の夕日、真っ赤ですごく綺麗だもんね。

明日は快晴なのかな？
って……そうじゃなくて。
「遅れてごめんなさいっ。掃除が長引いちゃって……」
　こちらに気づいた男の子に、私は頭を下げて謝った。
　そのとたん、男の子は「い、いやっ！」と思いきり両手を振ってうろたえる。
「き、来てくれて、すげーうれしいから！　こうやって学校一の美少女と……あ、いやっ、佐伯さんと話せるだけで夢みてる気分だし！」
「え？　ゆ、夢……？」
　話せるだけで夢みてる気分、だなんて……。
　もしかして、友だちがあんまりいないのかな……。
　その大げさな反応に心配を抱きながらも、「話ってなんですか？」と用件を聞くと、彼はいきなりがばっと頭を下げてきた。
　同時に、片手を私に差し出して。
　……握手？
「お、俺！　佐伯さんのことが入学したときから好きだったんです！」
「へ？」
「でも……あの！　佐伯さんは俺のこと知らないと思うし！　だからっ、俺と……友だちから始めてくれませんか!?」
　差し出された手がすごく震えてる。
　やっぱり、友だちが欲しかったんだ。

友だちになってほしいって言われるのは、男の子でもすごくうれしい。
　もちろん、私でよければ。
　と、よろこんで彼の手を握ろうとしたとき。
「あほ」
　ふいに頭上から、とっても聞き慣れた声が降ってきた。
　え？と思って振り返ると、幼なじみがすぐうしろに立っていて、私は目をぱちくりさせた。
「あ、あれ？　なんで、凪くんが？」
　困惑する私のひたいを、こつんと小突いてきた、幼なじみの凪くん。
　私はじんと小さく痛んだひたいを手で押さえながら、彼を見上げた。
「なんでじゃねえっつの。掃除終わっておまえのクラスに行ったらもういねえし。探した」
「あ……。伝えてなくてごめんねっ。この男の子が手紙をくれて。友だちになりたいって……」
　凪くんに事情を説明していると、顔を上げた男の子は「えっ!?」と大きな声を上げた。
　そのリアクションに、私は首をかしげる。
　突然の凪くんの登場にもびっくりしたのか、とても戸惑ったように首を振る男の子。
「お、俺が言ってるのは、ただ友だちになりたいだけとか、そういう意味じゃなくて！」
「え？　ち、ちがうの？　だっていま……」

「残念。おまえにこいつはやらねえから」
　ぎゅっと私をうしろから抱きしめるようにして、男の子に笑顔でそう言い放つ凪くん。
　男の子が驚いた顔で私たちを見る。
　でも、驚いているのは彼だけじゃない。
「なな、凪くんっ」
　な、なにしてるの!?
　しかもいきなり！
　不意打ちの密着に慌てる私をよそに、凪くんは「そういうことで」と言い残して、私の手をひいて校舎裏をあとにした。
　男の子はなんともいえない表情で立ち尽くしたまま、ただ私たちを見ていた。

「凪くん！」
「なんだよ」
「私、まださっきの男の子と握手してなかったのに！　返事もしてないよ！」
「ばーか」
　凪くんの背中に不満を投げつけると、ぴたりと立ち止まってこちらを振り返った凪くん。
　さっき、男の子には笑ってたのに、なぜだかちょっと怒っているみたいな表情。
　でも、私だって怒ってるもんっ。
「ばかじゃないよ！　あの男の子がせっかく友だちになっ

てって言ってくれたのに！　友だちは大事にしなきゃいけないんだよっ！」
「マジでおまえ、なんにもわかってねえ……」
　必死に話す私に対して、凪くんはあきれたようにため息をついた。
　友だちになってほしいと言われて、断る理由なんかないはずなのに！
　いますぐ戻りたいのに、凪くんは私の手を離してくれそうもない。
「本気であいつが"友だち"で止まる気があると思ってんの？」
「へ？　……親友になりたいってこと？」
「ちげーよ。……もういい。おまえは昔からそうだから」
　疲れた口調でそう言うものの、さっきより柔らかくなった声に、私の頭にはクエスチョンマークが浮かぶ。
　意味がわかんないよ、凪くん。
　もっと私でもわかるように説明してくれなくちゃ。
　昔からそうだってわかってるなら、なおさら。
　そういうところ、凪くんはいつも意地悪だ。
　怪訝な顔を隠せない私のひたいに、今度はデコピンをお見舞いすると、凪くんはまた歩きだした。
「いたっ。凪くんの意地悪！」
「心愛は理解力がなさすぎ」
「じゃっ、じゃあ、私でも理解できるように話してよ！」
「めんどい」

「もーっ。……って、待って！　私、まだかばん教室に置いたままなんだよ！」

　私の手を引いたまま、すたすたと正門をくぐろうとする凪くんを慌てて引きとめる。

　するとまた振り返った凪くんは、こちらをじろりとにらんで。

「ん」

　私の手をつかんでいるほうとは反対側の肩に提げていたかばんを手に持って、こちらに見せてきた。

　てっきり自分のしか持っていないと思っていたら、その手にはふたつのかばんが。

　……もしかして。

「私のかばんも、持ってきてくれたの？」

「見ればわかるじゃん」

「あっ、ありがとう！」

　お礼を言って受け取ろうとすると、その前にひょいとかばんを届かない高さに持ち上げられた。

　私の身長は150センチで、凪くんは180センチだ。

　どうがんばっても届かない。

「なっ。どうして返してくれないの？」

「なんとなく。つーか、今日のおまえのかばん、なに入ってんの？」

「え？　……あ、辞書が入ってるよ。課題で使うから、持って帰らなくちゃいけなくて」

「ふーん」

適当にあいづちをうった凪くんは、私にかばんを返す素振りも見せない。
　少しの間黙った私は、その理由に気がついた。
　理解力のない私だって、凪くんのことはわかるよ。
　だって、ずっといっしょにいた幼なじみなんだもん。
「ふふっ。やっぱり凪くんは優しいねっ」
　意地悪で返してくれないわけじゃなくて、辞書が入っててかばんが重いから、わざわざ持ってくれているんだね。
　意地悪なところもあるけれど、やっぱり凪くんはいつも優しい。
　かばんも持ってきてくれたんだし。
　にこにこと機嫌よく笑って、私は凪くんのとなりに並んだ。
　手は離れたけれど、距離は一定のままだ。
　歩くスピードを合わせてくれてる。
　30センチも身長差があるのに、歩幅が同じなはずないもん。
「私ね、凪くんのそういう優しいとこ、大好きだよ！」
「……うるさい、あほ」
　顔を下からのぞき込みながら言えば、凪くんは私から視線をそらして、冷たくあしらった。
　だけど残念ながら、凪くんが照れてることだって、私にはお見通しだもん。
　凪くんは照れてるとき、とってもかわいい。
　でも、いつもはかっこいいんだ。
　それは決して、幼なじみのひいき目ではなく。

高校に入ってから染めた茶色の髪もよく似合ってるし、モデルさんみたいな端整な顔立ちをしている凪くんは女の子にとっても人気で。
　私の自慢の幼なじみだ。
「いつまで笑ってんだよ」
「だって。照れてる凪くん、かわいいんだもん」
「照れてねえし」
「うそ！　私にはちゃんとわかってるもん。私、凪くんのことならなんでもわかるよ！」
「……」
　笑顔できっぱり断言すると、凪くんはしらーっとした目でこちらを見てきた。
　あ。
　信じてないな。
　頬をふくらませる私に、なんだか落胆した様子で自分のひたいに手を当てる凪くん。
「なら、俺の気持ちにも気づけよ……」
「え？　凪くん、いまの聞こえなかった。もう１回言って？」
「ぜってーやだ」
「な、なんで！」
　うう。やっぱり意地悪だ。
　納得いかない顔で凪くんを見上げれば、「見んな」と髪を軽くくしゃくしゃにされた。
「もー！　凪くんのばか！」
「おまえに言われたくねえ」

「た、たしかに凪くんのほうが頭はいいけど……ひどいっ」
「どっちがだか。おまえは俺のことなんか、なんにもわかってねえし」
　わかってるもん！
　きっと凪くんのことは、少なくとも学校では私がいちばん、よくわかってるもん。
　意地悪なとことか、さっきみたいにちょっと乱暴なとことか。
　でも実はすっごく優しいことか、照れるとかわいいとことか、
「ニンジンが食べられないとことか……」
「は？」
「あと、甘いものが好きなとことか、小動物に弱いとことか。……やっぱり凪くんってかわいい！」
「意味わかんねえ。しかもうれしくない」
　凪くんはぷいっとそっぽを向いて、長い脚ですたすたと先に歩いていってしまう。
　さっきまで歩く速さを合わせてくれてたのに。
「わわっ。待ってよ、凪くん！」
　差が開くのはあっという間で、私は慌てて、駆け足で凪くんのとなりに並び直した。
　そのとき、強い風が吹いて。
「かわいいのはおまえだろ、ばか」
　凪くんがつぶやいた小さな声は、私の耳には届かなかった。

スウィート・ケーキ

　私と凪くんの家はお向かい同士だ。
　凪くんは数年前にお母さんを亡くしていて、いまはおじさんとふたりで生活している。
　おじさんはとても気さくでかっこいい。
　幼い頃から家族ぐるみの付き合いが多かったこともあって、よく遊んでもらった。
　だけど先週から、おじさんは出張に出ていて、家には凪くんひとりだけ。
「凪くん、凪くん！」
　誰もいない自分の家に帰っていく凪くんを、思わず呼び止めた。
　不思議そうにこちらを振り返る凪くん。
　え、ええっと……。
　呼び止めたはいいものの、なにを言えば。
　心細くないのかなって、思ったんだ。
　広い家にひとりでなんて。
　凪くんにそう言ったらきっと、「そんなわけねえじゃん」ってあっけらかんと返してくると思うけど、私だったら絶対にさみしいんだもん。
「あのね……私の課題、手伝ってほしいなあ、なんて」
「は？　俺が？　なんで」
「う……。あ、あのね……、出された課題が、すーっごく

難しくってね……」
「辞書を使えばわかる課題なんじゃねえの?」
「そ、そうなんだけど……」
　うう、なんて言えばいいんだろう。
　明確な用件もなく私の家に誘うのは、やっぱりヘンなのかなあ。
　高校に入ってからは、お互いの家を行き来することもぱったりなくなっちゃったし……。
「とにかくねっ。どうしても、凪くんの助けが必要で!」
「おまえ、そこまでばかじゃないだろ」
　さ、さっきまで私のこと、あほとかばかとか言いたい放題だったくせに……。
　必死に理由をつけて引きとめる私に、意味がわからないというふうに首をかしげる凪くん。
「じゃ……じゃあ!　もうすぐテストがあるし、いっしょに勉強しよ?」
「勉強?」
「うん!　お願い!　そういえば私、数学でわからないところがあるの!」
「ふーん……」
「ケーキもあるよ!」
「行く」
　やった!
　ケーキでつられてくれたんだ!
　さすが超がつくほどの甘党っ。

うまくのってくれたと思って、ぱあっと表情を明るくさせる私。
　そんな私を見た凪くんは、ふ、と小さく笑った。
　それには気づかず、私は凪くんの腕を引っ張って、自分の家の前に来ると玄関のドアを開けた。
「ただいま〜っ」
「……お邪魔します」
　ふふ、凪くん、ちょっと緊張してる。
　家に来たの、久しぶりだもんね。
　リビングに入ると、コンソメのいいにおいが鼻腔を刺激した。
　野菜スープの香りがするってことは……今夜はハンバーグかな？
　夕ご飯のメニューを予想していたら、キッチンからお母さんが顔をのぞかせた。
「まあっ。凪くん、久しぶりね！」
「お久しぶりです、おばさん」
　凪くんを見て笑顔を浮かべたお母さんに、礼儀よくぺこりと頭を下げる凪くん。
「お母さん。凪くんと部屋で勉強してくるねっ」
「わかったわ。凪くん、夕ご飯も食べていきなさいね〜」
「あ……すみません」
　よしっ、狙いどおりだ。
　お母さんなら、絶対にそう言ってくれると思ってた。
　だって、ひとりでご飯を食べてもおいしくないもん。

それ以前に、凪くんは料理ができないし、毎日コンビニのご飯とかだと栄養もちゃんと摂れないし。
　そんなの絶対にだめだ。
　廊下を歩いていき、突き当たり右の自分の部屋へと凪くんを案内した。
「すげー久しぶり。おまえの部屋に入るの」
「そうだね。中学のときはよく遊びに来てたのに、最近は全然だったもんね」
　高校に入学したばかりの頃は、毎日目まぐるしくて大変だったから。
　入学から半年以上経ったいま、だいぶ慣れて、落ちついたんだけど。
「俺が来てない間、この部屋に男とか入れたりした？」
「……ふえ？」
「いや、なんでもない」
　間の抜けた声をもらした私に、ちょっとはっとしたように、凪くんは首を横に振った。
　私は疑問に思いながらも、「男の子は入れてないよ」と質問の答えを返す。
「家に入れたことある男の子も、凪くんだけだもん」
「……へえ」
「あっ。レミちゃんと舞香ちゃんは何度か家に呼んだことあるけどね！」
　レミちゃんと舞香ちゃんは、教室でいつもいっしょにいる友だち。

レミちゃんは恋バナが大好きな女の子で、舞香ちゃんはお姉さんみたいな雰囲気。
　ふたりともとってもかわいくて、大好きなんだ。
「よしっ。じゃあ、勉強しよっ」
「まず、おまえの課題からな。すーっごく難しいらしいけど？」
「うっ……」
　ローテーブルの向かいに座った凪くんが、にやりと笑って小首をかしげる。
　う、うそついちゃったこと、バレてる。
　っていうか、凪くんなら簡単に見破れちゃうよね……。
　私が凪くんのことをわかっているのと同じで、凪くんも私のことをよくわかっているから。
「……はあ？　古文の課題？　やっぱり古語辞書使えば簡単じゃん。難しくないですよねー？」
「お、おっしゃるとおりです……」
　課題の内容を教えると、じろりと凪くんにガンを飛ばされた。
　だましてしまったことにしゅんとしていると、向かいからデコピンが飛んでくる。
　今日はよくひたいに攻撃される……。
　でも、１度目のよりは痛くなかった。
　もっとも、１度目のデコピンもそこまで痛くはなかったんだけど。
「しょうがねえな。俺が辞書引いてやるから、おまえは書

き込んでいけ」
「えっ。いいよ！　凪くんは自分の勉強してて！」
「俺の助けが必要なんだろ？」

　意地悪っぽい口調で言われたけれど、凪くんの瞳は優しい色をしていて。
　そんなの、凪くんを家に誘うための口実なのに。
　でも、やっぱり凪くんは優しい。
　うれしかった私は、お言葉に甘えて課題を手伝ってもらうことにした。
　凪くんはなんだかんだ言って、いつも私に優しくしてくれるんだ。
　いまみたいに助けてくれたり。本当に困っているときは、絶対に手を差しのべてくれる。
　私にとって凪くんは、昔から。
　ヒーローみたいな存在なんだ。

　私の課題が終わったと同時に、お母さんから「夕ご飯ができたわよ〜」と声をかけられた。
　お父さんも帰ってきていたから、私たちは4人で食卓をかこんで。
　お父さんは久しぶりに凪くんと会えて、機嫌がよさそうだった。
　夕ご飯を終えたあと、私の部屋に戻った私たちは、今度こそテスト勉強に取りかかった。
「どう？　はかどってる？」

「お母さん」
　数学の復習を始めて少し経過したとき、お母さんがノックをして部屋に入ってきた。
　ジュースとケーキののったトレイを持って。
「フルーツタルトとショートケーキ。デザートに食べてね」
「ありがとうございます」
　お礼を返す凪くんにふふっと笑って、お母さんは「勉強がんばってね」と言い残すと部屋を出ていった。
「凪くん、どっちがいい？」
「俺はどっちでも。心愛の好きなほう選べよ」
「だめだよ。お客さんは凪くんなんだもん」
「じゃあ俺はどっちにするか迷うから、心愛が俺の選んで」
　コーラに口をつけた凪くんにお任せされて、私は「うーん」とあごに手を当ててうなった。
　たしかに、どっちも選べそうにない。
　ここのケーキって、なんでもすっごくおいしいもん。
　凪くんにはどっちがいいだろう……。
「うーん……」
「本気で迷うなよ」
「じゃあ、凪くんはこっちで！」
　カチャリと凪くんの前へと置いたお皿には、色とりどりのフルーツがのったタルト。
　凪くんはフルーツ好きだし。
　急に思い出したけど、去年の凪くんの誕生日ケーキは、ショートケーキじゃなくてタルトだったから、好きなのか

なと思って。
「ん。さんきゅ」
　文句は言わず、にこりとコーラを置く凪くん。
　勝手に決めちゃったけど、本当はショートケーキがよかったかな？
　家に来るの久しぶりだから、遠慮してたりするかもしれない。
　それとも、本当にどっちでもよかったのかな。
　いまさらながら自分の選択が正しかったか悩んだけれど、「いただきます」と凪くんがフォークでタルトを食べだしたから、まあいっかと思った。
「じゃあ私も、いただきますっ」
　フォークでスポンジを切って、口の中へ運ぶ。
　しつこくない甘さとしっとりしたスポンジの食感を味わって、思わず笑顔がこぼれた。
「ん～っ。おいしい！」
　私も女の子だし、甘いものは大好き。
　ケーキを食べると幸せな気分になれる。
　もぐもぐとケーキを堪能していると、凪くんが私をじーっと見ていることに気づいた。
「どうしたの？」
「ほんとにおいしそうに食うなと思って」
「あ、凪くんも食べてみる？　ショートケーキもすっごくおいしいよ！」
「うん。もらう」

凪くんはそううなずいて、ローテーブルに片手をついた。
　そして腰を少し上げると、おもむろに私へと顔を近づけてきて。
　一瞬のことで、理解するのが遅くなったけれど。
「……へ？」
　ぺろりと。
　なんのためらいもなく、口の端をなめられた。
「ひ、ひゃあっ。ななな、凪くんっ！」
「ん、うまい。この店のクリームってしつこくないから、好きなんだよな」
「だよねっ。私も好き……っじゃなくて！」
　なっ、凪くん、どうしてそんなに冷静なの!?
　い、い、いま……!!
「な、なめ……っ」
「口の端にクリームついてたから、つい」
「だ、だからって……！」
「いまどき少女漫画でもしねえよな。知らねえけど」
　とくに表情を変えることもなく、けろりとした態度の凪くん。
　そんな凪くんとは正反対で、私は自分でもわかるくらい真っ赤になって取り乱していた。
　私はいきなりあんなことをされて、凪くんみたいに冷静でいられないよっ。
　はっ、恥ずかしい……！
「なめられたの、やだった？」

「えっ？　い、いやとかじゃなくてっ……」
「そっか。ならよかった」
　にこにこと、なぜかとてもうれしそうにほほ笑む凪くん。
　凪くんはどんな表情でもかっこいいけど、私は笑ってる顔がいちばん好きだ。
　王子さまみたいな綺麗な笑顔。
　なんだかその表情を見ていると、不思議とまあいっかと思えてきてしまう。
　い、いやでは……なかったんだし。
　凪くんが相手なら、いやなわけがない。
　な、なら……まあ、いっかあ。
「い、いいのかな……？」
　自分の気持ちにちょっと納得がいかなくて、うーんと悩んでいると、いつの間にか口元までタルトが運ばれていた。
　見れば、凪くんがタルトをのせたフォークをこちらに向けている。
「え？」
「お返し。あーん」
「……あーん」
　流れで口を開くと、ひとくちサイズのタルトが放り込まれる。
　さっくりとしたタルトとフルーツの多彩な甘さが、口の中に広がった。
　わーっ、やっぱりタルトもおいしい！
「っていうか、お返しって、クリームだけだよ！　凪くん

もショートケーキ、どうぞっ」
「間接キスはなんとも思わねえのか……」
　凪くんがそうぽそりとつぶやくから、私はきょとんと首をかしげた。
「だって、凪くんとは昔から食べあいっこしてたでしょ？　いまさらだよっ」
「へえ。じゃあ、もう１回なめていい？」
「ええっ!?」
　ななな、なんでそうなるの!?
　にやりと笑みを見せた凪くんの言葉に、ぽぽっと一瞬で赤くなる私の顔。
　思わず、ばっと口元を覆った。
「だ、だめっ！」
「なんで？　いやじゃねえんだろ？」
「いやじゃないけど……は、恥ずかしいもん！」
　なんで凪くんは、そんなにけろりとしてるんだろう。
　私、こんなにてんぱってるのに。
　すっごーくどきどきしてるのに……！
　私がじっと凪くんの動向をうかがっていると、凪くんはショートケーキをひとくち食べて、くすりと苦笑した。
「警戒すんなよ。冗談だから」
「じ、冗談っ？」
「わかんないけど」
「なっ！」
　うろたえる私を見て、凪くんはからかうようにくすくす

と笑い声をこぼす。
　うう。
　本当に私とは正反対だ。
　余裕って顔してる……。
　それからケーキを食べ終えても、しばらく顔の熱は冷めなかった。
「心愛、まだ顔赤い」
「う……。凪くんのせいだもん……」
「……やっぱり、心愛には言葉よりも行動のほうが伝わるよな」
「へ？　それってどういう……」
「なんでもねえよ。ほら、勉強再開」
　また教えてくれないんだ。
　ふてくされながらも勉強を再開させたけれど、今日はあまり集中できなかった。
　100パーセント、凪くんのせいだ。

恋ってなんですか？

　次の日の朝。
　いっしょに登校した凪くんと別れて、自分のクラスに向かう。
　教室に一歩足を踏み入れた瞬間、「心愛ー！」と中から女の子に勢いよく飛びつかれた。
　いつものこととはいえ、唐突だから、毎回びっくりしてしまう。
「心愛！　おはよ!!」
「おはよう、心愛」
「おはよっ……レミちゃん、舞香ちゃん！」
　あいさつをすると、ぎゅーっとレミちゃんが私を抱きしめる力を強める。
　あわわ。
　ちょっと苦しいっ。
「もー！　今日もほんとかわいい！　この子飼いたい！」
「心愛は犬か」
「やだなあ、舞香ちゃん！　心愛はハムスターかうさぎでしょ！　犬ならチワワだけど！」
　レミちゃんのこの高いテンションも通常運転だ。
　いつも場を盛り上げてくれるから、彼女といると楽しい。
　レミちゃんの肩越しに、舞香ちゃんのあきれたような苦笑が見える。

舞香ちゃんは大人っぽくて、しっかりしているから、とっても頼りになる女の子。
「心愛、それでいいの？」
「え？　レミちゃんの言うとおり、ハムスターもうさぎもチワワもかわいいと思うよ！」
「天然なところもほんとかわいいー！」
　好きな動物の話でもしてたのかなあ。

　お昼休み。
　レミちゃんと舞香ちゃんと3人でお昼ご飯を食べていると、ふと窓際に座っているレミちゃんが「おっ」と声を上げた。
　そちらを見れば、レミちゃんはお箸を持ったまま、窓の外へと視線を向けていて。
「レミちゃん、どうしたの？」
「見てあれ。坂野(さかの)くん」
「え？　凪くん？」
　幼なじみの名前が出てきて、目をしばたかせた。
　レミちゃんが見おろしている先をのぞき込んでみると、たしかにそこには凪くんの姿が。
　あそこは……校舎裏。
　昨日の放課後、私が呼び出された場所だ。
「どうしてあんなところにいるんだろ？　お昼休みなのに」
「鈍感ね。坂野くんの近くに、もうひとり生徒がいるじゃない」

サンドイッチを片手に持っている舞香ちゃんが、凪くんの近くを指差した。
　もう一度確認してみると……本当だ。
　女の子がひとり、凪くんと向かい合うようにして立っている。
　ふたりともなにか話してるみたいだけど……それにしても、なんであんなところで？
「坂野くんもすみに置けないなあ！」
「もう何度目かしらね」
「えっ？　あのふたりがなんの話してるのか、わかるの？」
　校舎裏にいるふたりを見ながら、レミちゃんと舞香ちゃんがつぶやくから、私は首をかしげた。
　すると舞香ちゃんが肩をすくめて、「ほんと鈍感ね」とあきれ顔でつぶやいた。
「女が男を呼び出してすることなんて、決まってるじゃない」
「へ……？」
「……わかんないか」
　ちっとも思い当たらず、クエスチョンマークを頭上に浮かべる私。
　それを見て、舞香ちゃんは「心愛らしいわね」と私の頭をなでる。
「心愛！　わかんないなら今日の放課後、坂野くんに聞いてみればいいよ」
「凪くんに？」

「そ。坂野くん、どんな反応するかな」

　提案したレミちゃんが、なんだか愉快そうににやにやと笑った。

　私の頭の上のクエスチョンマークはさらに増えていくばかりだ。

　ま、まあいっか。

　レミちゃんに言われたとおり、今日の放課後、凪くんに確かめてみよう。

　そう思いながら、また校舎裏に視線を落としてみたら、ちょうど女の子が走っていくところだった。

　凪くんはそれを見送ったあと、なにもなかったかのように自分も校舎へと戻っていく。

　あ、あれ……？

　女の子、どうしたんだろう……。

「ねえねえ！　前から気になってたんだけどさ～」

　ちょっと心配になっていると、レミちゃんが私に話しかけてきた。

　顔を戻せば、レミちゃんは頬杖をついて、まだにやにやしていて。

「心愛って、坂野くんのことどう思ってるの？」

　凪くんのことを？

　どう思ってるの？って……。

「幼なじみだと思ってるよ？」

「予想どおりの回答ね」

「だよねえ、幼なじみだよね～。……そもそも、心愛って

好きな人、できたことあるの？」
　にやにやから一転し、真剣な表情で私に顔を近づけてくるレミちゃん。
　私は、空っぽになったお弁当を片づけながら、ふたりに笑いかけた。
「私はレミちゃんも舞香ちゃんも大好きだよ！」
「心愛！　かわいいーっ」
　レミちゃんががばっと私に抱きついてくる。
　おなじみのパターンに、舞香ちゃんが苦笑するのも毎回のことだ。
「そういうことじゃないのよ、心愛」
「そういうことじゃないの？　じゃあ、どういうこと？」
「心愛は恋したことある？　ってこと」
「コイ……？」
　頭の中に浮かんだのは、池の中でぴっちぴっちと泳ぎまわる魚のコイ。
　コイ、したことあるって……。
　コイの着ぐるみを着たことがあるか、ってこと……？
　な、なんでそんな限定的な質問を？
　レミちゃんに抱きしめられたまま、うーんと至極真剣に頭を悩ませる私を見て、舞香ちゃんが「だめだこりゃ」と脱力したように首を横に振った。
　そしてぽつり。
「……心愛が恋を知るのは、もっと先のことかもしれないわね」

恋って……なんですか？

　その日の放課後。
　掃除を終えてしばらくしても、めずらしく凪くんがやって来なかったので、今日は私が凪くんの教室まで迎えに行くことにした。
「ふたりとも、また明日！」
「心愛、ばいばーい！　お昼休みのこと、ちゃんと聞くんだよー！」
　レミちゃんの言葉に、舞香ちゃんが「まだ言ってたの」と突っ込んだ。
　そうだ、すっかり忘れてた。
　そこまで気になるわけじゃないけど……レミちゃんがそう言うなら尋ねてみよう。
　凪くんの教室は、私の教室の階より下にある。
　階段を下りて凪くんの教室へ向かう途中、ちょうどこちらへ歩いてくる凪くんのクラスメイトたち数人とすれ違った。
　ついさっき掃除が終わったのかもしれない。
　凪くん、来るかな？
　そう思いながら廊下を歩いていても凪くんの姿は見当たらなくて、結局、凪くんの教室に到着してしまった。
　ドアからちょっとだけ顔をのぞかせて、教室内を見渡してみるけれど、やっぱりいない。
　あれれ……。

入れちがいになっちゃった？
　首をかしげていると、廊下側の席の男の子が私に気づいて、こちらに歩いてきた。
「心愛ちゃんじゃん。どうし……って、ああ。凪のこと探してんの？」
「あっ。林くん」
　話しかけてきた短い黒髪の彼は、よく凪くんと一緒にいる林くんだ。
　いつもフレンドリーに接してくれる、爽やかな男の子。
　サッカー部で、とっても凪くんと気が合うらしい。
「凪なら、あそこにいるよ。ほら、うしろんとこ」
　廊下に出てきた林くんが指差したほうを見ると、たしかにうしろのドアから少しだけ出ている凪くんの姿があった。
　そしてそのそばには、ダークブラウンの長い髪をした女の人が。
　今日、凪くんとお昼休みに一緒にいた女の子ではないみたい。
　雰囲気がとっても大人っぽいし……３年の先輩かな？
　ふたりで少し会話すると、先輩は凪くんになにかを手渡して、去っていった。
　林くんがそのうしろ姿を見送りながら、うっとりしたようなため息をつく。
「サト先輩、マジでいつ見ても綺麗だよな〜。３年のマドンナだぜ、あの人」

「本当に、すっごく綺麗な先輩だったね。凪くん、なに渡されたんだろ？」
「ああ、貸してたCDだろ？　サト先輩、放送部員だからさ」
　放送部員なんだ。
　サト先輩って……もしかして、いつも水曜日の放送を担当している人かな。
　落ちついているけれどつややかな声で、クラスの男の子たちも毎週さわいでいるから。
　そう考えていると、かばんを持った凪くんが出てきた。
「あれ、心愛？　なんでここに？」
「掃除が早く終わったから、今日は私が凪くんのこと迎えに来たの」
「ああ、そっか。わりい。ちょっと取り込んでた」
「ううん、いいよ！」
　いつもCDを貸してるのかなあ。
　凪くんが女の子に話しかけられてるところはよく見るけど、ちょっとだけ意外だったかも。
「じゃあな〜。凪、心愛ちゃん！」
「おー」
「林くん、部活がんばってね！」
　いまから部活の林くんに手を振って、凪くんといっしょに廊下を歩いていく。
　あ。
　レミちゃんに言われたこと、聞いてみよう。
「凪くん、凪くんっ」

「なに？」
「今日のお昼休み、女の子と校舎裏にいたけど、なに話してたの？」
「は？」
　質問した瞬間、驚いた表情の凪くんに疑問符のついた1文字を返された。
「見てたの？」
「うん。レミちゃんも舞香ちゃんもなんの話してるのか気づいてたみたいだけど、私には教えてくれなくって……」
　ふたりとも意地悪だ。
　教えてくれたっていいのに。
　凪くんに教えてもらうからいいけどね。
　……と、思っていたのに。
「秘密」
　靴箱についてから、凪くんは小さくため息をついて、きっぱりそう言った。
「ええっ！　どうして!?」
　まさか凪くん本人にも隠されてしまうとは思わなくて、靴を履き替えながら、私は不満の声を上げた。
　な、なんで？
　秘密って言われると、あまり気にならなかったことも、すごく気になっちゃうよ。
　凪くんのことだとなおさら。
　学校を出てからも何度か聞いてみたけれど、凪くんが口を割ってくれる様子はなくて。

うう、気になるっ。
「私がわかんないことがあると、凪くん、いっつも教えてくれてたのに！」
「心愛には話しても無駄。おまえ理解力ないから」
「うっ……。わ、わかりやすく教えてくれたら、私にもわかるよ！」
「……わかりやすく？」
　聞く耳を持たないって感じで受け答えしていた凪くんが、私の言葉にぴたりと立ち止まる。
　そして私のほうを見た。
「わかりやすく、教えてほしい？」
「うんっ、もちろん！」
　あ、あまりにも難しいことだったら、わかんないかもしれないけど！
　私に理解力がないのはわかってる。
　いっしょに勉強するときとか、よく凪くんに指摘されることだもん。
　でもそのたび、凪くんはたいがいはちゃんとわかるように説明してくれる。
　たいがいは、だけど。
　いや……。
　勉強以外では、説明してくれないことのほうが多いかもだけどっ……。
「ふーん」
　凪くんはそう声を落とすと、こちらに１歩近づいて、私

の肩をつかんだ。
　そのまま軽く押されて、横にあった塀に背中がとんっとぶつかる。
　優しかったから、痛くはなかったものの。
　そんなことをする凪くんの意図が、まるでわからなくて。
「凪くん……？」
　名前を呼んだのと同時に、私の顔の横に、凪くんが両手をついた。
　とたんに心臓が、どきっと強く跳ねる。
　私を覆うようにして顔をのぞき込んでくる凪くんが、首をかしげて小さく笑みを見せた。
　かっ、顔が近いよっ……。
「いま、どんな気分？」
「えっ……は、恥ずかしいっ……」
「なんで？」
「だ、だってっ……。すごく、近いから……っ」
　小さな声で答えながら、どきん、どきん、とどんどん鼓動が加速していくのを感じる。
　こんなにすぐそばにいたら、凪くんの耳にも届いちゃいそうだよ。
　緊張で固まってしまう私と相反して、凪くんは昨日と同じで平然としていて。
　な、凪くんは、恥ずかしくないの？
　こんなに顔が近いのにっ……。
　私の様子を見てくすりと笑いをもらした凪くんは、なに

を思ったのか、さらに距離を近づけてくる。
　こ、ここ、通学路なのに！
　誰かに見られちゃったら……っ!!
「……こういうことするのって、どういう関係の男女だと思う？」
「へっ……？」
　ふいに投げかけられた問いかけ。
　こんな状況なので、頭がすぐには働かなかったけど、その意味を理解した私はおずおずと答えを口にする。
「ふ、夫婦……？」
「夫婦？　……まあいいや。じゃあ夫婦として、結婚する前のそのふたりの関係は？」
「……恋、人？」
「うん。恋人になるために、相手に気持ちを打ち明けることを、なんて言う？」
　ぽんぽんと次々に出される質問に、私は答えるのがやっとで。
「こ、告白……？」
　そう答えたとたん、凪くんはぱっと私から離れた。
「うん。そういうこと」
「……へ？」
　凪くんとの距離がもとに戻ったことで、うるさかった心臓の音がゆっくりとおさまっていく。
　自己完結したようににっこりとほほ笑む凪くんに、なにひとつ解決できていない私はひたすら困惑した。

そ、そういうことって、どういうこと？
　ますます意味がわからないよ！
　そう言おうとしたけれど、凪くんが私を置いて歩いていくのに気づいて、慌ててその背中を追いかけた。
「な、凪くん！　どういうこと!?」
「いま心愛が言ったじゃん。わかんねえの？」
「全然わかんないよ！」
「やっぱ理解力ねえな」
　そ、そういう問題じゃないんじゃ!?
　だって、いまのは誰でもわからないよ！
　た、たぶん……！
「わかんねえなら、心愛はまだわかんなくていいってことだろ」
「そ……そうなの？」
　なんだか納得ができないけど……。
　困った顔で凪くんを見上げていると、凪くんは私の頭をなでた。
　その手はとっても優しくて。
「いつか絶対に教えてやるから。俺が」
　……そ、そっか。
　凪くんがいつか教えてくれるなら、いまは、知らなくてもいいことなのかも。
　なでなでされて笑顔になる私に、凪くんは王子さまみたいな、優しい笑みを見せてくれた。

キミ限定王子さま

【凪side】
「おまえ、まわりくどすぎだろっ!!」
「うん。だよな……」

次の日の朝。

昨日のことを林に話すと、予想どおりの鋭い突っ込みを受けた。

さすがに、俗に言う壁ドンをしたことは伏せたけど。

俺はため息をついて、机にかばんを置いた。

その前で、林が腕を組んで「うーん」とうなる。
「そんな遠まわしに告白されたこと言ってもさ、わかんないに決まってんだろ、あの心愛ちゃんが!」
「別に、それはわかんなくていいんだよ」

どうせ、俺が女から告白されたことを理解したところで、あいつはなんとも思わないだろうし……。

ああやって迫ったのは、心愛の反応を見てみたかっただけだ。

やっぱり言葉ではなく行動なら、ちゃんと意識してくれるみたいでよかった。

意識されなかったら、俺は心愛に男としてすら認識されていないってことになるから。
「つーかさあ、ほんとに心愛ちゃんって天然なんだな。とくに恋愛に関しては」

「理解力がないだけだろ」
　というより……。
　無意識に自分の中から恋愛を除外してるんだと思う、あれは。
　今朝いっしょに通学路を歩いていても、昨日のことはもう気にしていない……。
　っていうか、忘れてるみたいだったし。
　残念ながら、心愛の恋愛対象になるには、もっと努力しないといけないらしい。
　心愛が恋愛というものを、まるでわかっていないんだから仕方ない。
「苦労するねえ。万年片想いな凪くんにとっては」
「万年は余計だ」
　そのとおりだから、否定はできないけど。
　全然、気づいてくんねえから。
　直接伝えたところで、正しい意味で受け取ってくれないのは目に見えているし、理解できたとしても断られるのがオチだ。
　はー……と今度は長く重いため息をついたとき。
「凪くん、いる？」
　うしろのドアのほうから、落ちついたサト先輩の声が聞こえた。
「あー……行ってくるわ」
「おー」
　サト先輩は俺を訪ねるとき、なぜかいつもうしろのドア

から来る。

　数週間に1回のペースで、昼の放送で使うCDを貸すようになったのは、放送部員のクラスメイトと音楽の話で盛り上がったのがきっかけ。

　俺の好きな音楽の系統がたまたまサト先輩と似ていたらしく、それをクラスメイトづてに知った先輩はたびたびCDを貸してくれないかと頼んでくるようになった。

　連絡先を交換してるんだから、俺としては、わざわざ教室まで来るのはやめてほしいんだけど。

　その容姿から、いまもクラスメイトの視線を集めてすげー目立ってるから。

　何度言っても、なぜか教室まで来るんだよな……。

「凪くん、おはよう」

「おはようございます。今日の用件は？　CDはまだいいんですよね？」

　にっこりとほほ笑むサト先輩に、単刀直入に問いかける。

　昨日CDを返してもらったばかりだから、当分は来ないと思っていたのに。

「今日はね、凪くんをデートに誘おうかなと思って」

「……デート？　なんで」

「いつもCD借りてるし、そのお礼。テストが終わったらどこか行かない？」

　自信にあふれたその笑みに、周囲の男子が顔を赤らめるのがわかった。

　魂胆の見え透いた誘いだ。

俺は首のうしろに手をやり、小さくため息をついた。
「先輩。受験生なんだから、デートする暇があるんなら勉強したらどうですか」
「ふふ。心配されるほど気を抜いてるわけじゃないのよ。1日くらい大丈夫でしょ」
　わからないのだろうか。
　遠まわしに断っているということが。
　それともわかっていながら、押してきているのかもしれない。
　こうやって俺に好意を向けてくるのは、いまに始まったことじゃない。
「前にも言いましたけど、俺、好きなやついるんで」
「その子と付き合ってるわけじゃないんでしょう？」
「……」
　わざわざ痛いところ突いてくれたな……。
　どうやら引くつもりは、さらさらないみたいだ。
「たまには違う相手にも目を向けてみたら？　案外、その好きな子よりも相性がよかったりするんじゃない？」
　誰もが見とれるであろう笑顔を浮かべて、饒舌に話すサト先輩。
　といっても、俺には効果なんてないし、もっと言えばかなり面倒くさい。
「考えときます」
　相手にするだけ無駄だと悟った俺は、そのひと言で会話を切り上げ、「じゃ」とサト先輩に背を向けた。

「待ってるわね」
　サト先輩がそう言い残して去っていくのを確認して、何度目かわからないため息をもらす。
「モテてんなあ、凪！」
「サト先輩にデートに誘われるとか、うらやましすぎなんですけど？」
「じゃあ代われよ……」
　声をかけてきたクラスメイトたちに、げんなりとしながら答えた。
　うらやましいなんて言われても、俺は心愛しか受けつけねえんだって。
　これまでも、いまも、これからも。
　席へ戻ると、林がにやにやと笑って待っていた。
「デート、誘われたんだ？」
「断るけどな」
「そっか、やっぱりな〜。でも最近は、おまえがサト先輩と付き合ってるって噂もあるらしいぜ」
　ちっともありがたくない情報を提供されて、頭をかかえたくなる。
　全然うれしくねえ。
　ほんと勘弁しろよ。
「おまえもさあ、サト先輩みたいに、心愛ちゃんに積極的になればいいんだよ」
「そんなことしても、心愛は気づかねえよ」
「無理やりにでも気づかせるんだよ！」

無理やり、気づかせる？
　そんなことしたら……。
「そんなことしても、結局、気づかねえだろ」
　……ちがう。
　心愛が俺の気持ちを理解してしまったら、絶対に戸惑うだろうから。
　避けられるかもしれないから、俺は言い出せないだけだ。
　俺の気持ちに気づいてほしいけど、そうなったらもう取り返しなんてつかないから、気づいてほしくない。
　結局、俺に意気地がないだけ。
「なんかおまえ、乙女みたいだな」
　俺の様子を見てそんなことをほざいた林に、俺は思いきり蹴りを入れた。
　真面目にふざけんな。

「凪くん、凪くんっ」
　放課後。
　いつもどおり、心愛と一緒に通学路を歩いていると。
「凪くんって、３年のサト先輩と付き合ってるの？」
　マイナスイオンを放出した笑顔で、心愛が唐突にそんなことを聞いてきた。
「っはあ!?」
　驚いてつい大声を上げると、心愛もビクッと肩を跳ねさせる。
　もともと大きな瞳をさらに大きくして、俺を見る心愛。

ぱちぱちとまばたきをくり返す姿が小動物みて一……じゃなくて！
「な、んでおまえまで知ってんだよっ」
「今日、レミちゃんが教えてくれたんだよ」
　あせる俺を見て、心愛が手を口にやってクスクスとおかしそうに笑う。
「凪くんが照れてるとこ、かわいいっ」
「あほ、照れてねえよ！」
「うそだ。私も凪くんとサト先輩、とってもお似合いだと思うよ！」
　その満面の笑みが、容赦なくぐさりと俺の心を貫通する。
　がらじゃないけど、そんな笑顔を見せられると超傷つくんですけど。
　心愛が"付き合う"ということをちゃんと理解してるってことは、そのレミとかいう友だちにご丁寧に説明でもされたんだろう。
　最悪だ。
「……心愛。よく聞け。俺はサト先輩と付き合ってなんかないから」
「へ……そうなの？」
　心愛の細い腕をつかみ真剣な表情で訂正すると、きょとんと首をかしげる心愛。
　ああ、くそ。
　いちいちかわいすぎる、こいつ。
「俺はサト先輩のことなんて、好きじゃねえんだよ」

「じゃあ、嫌いなの……？」
「……うん。嫌い」
　別に嫌っているわけじゃないけど、てっとりばやく理解させるためにはこう言ったほうがいい。
「嫌いなんだ……」
　心愛が、ちょっと悲しそうに俺を見上げる。
「凪くんにも、嫌いな人がいたんだね」
「いや、当たり前じゃん。俺のことなんだと思ってんだよ」
「だって、凪くんって王子さまみたいだから」
　王子だって嫌いなやつのひとりくらいはいるだろ。
　っていうか、俺が王子さまって。
　性格からしてちがうと思うんですけど……。
　さらりと口にされたその言葉は、突っ込みどころが多すぎた。
　本当にこいつは、ばかっていうか……度を越して純粋っていうか。
　けがれを知らないどころか、いろいろと無知すぎるんだ。
　恋愛に関してはとくに。
「……なら俺は、おまえだけの王子さまになりたいよ」
「へ？　私だけの？　どうして？」
「……うん。そういう反応するよな。大きな意味はないし、忘れていいから。っていうか忘れろ」
　案の定、不思議そうな表情を見せた心愛から、俺はぱっと視線をはずした。
　俺、なに口走っちゃってんだよ。

言ったあとから、キザっぽいそのセリフが恥ずかしくなる。
　まあ心愛は当然、意味を理解できないから、いいんだけど。
「じゃあ、忘れるね？　ところで凪くん、今日も私の部屋で勉強するよね？」
「ああ……うん」
「そっか。うれしい！」
　明るい笑顔を浮かべる心愛の、その表情や言葉に、恋愛的な感情はいっさいふくまれていない。
　それがわかっているから、期待するつもりはない。
　それでも好きな女からそういうことを言われると、舞い上がるに決まっているわけで。
「……あほ」
　自分の頬が少し赤くなった気がして、顔をそむける。
「あ。凪くん、照れてる！」
「照れてねえ」
「今度は絶対そうだ！　耳赤いもんっ」
「……」
　サト先輩のように、心愛に対して積極的になる勇気は、いまの俺にはないから。
　いましばらくは、この天然で無知な幼なじみに、無自覚に翻弄されるだろうと思う。
　悔しいけど、惚れた弱みってやつ。
　……でもいつか絶対、立場逆転してやるから。

第2章
ライバル転校生

☆ ☆ ☆ ☆ ☆ ☆ ☆
イライラ、嫉妬、からまわり
ちょっぴり甘く、迫ってみたり。
☆ ☆ ☆ ☆ ☆ ☆ ☆

プレイボーイ転校生

　テストが1週間後に迫った週明け。
　そんな中途半端な時期に、私のクラスに転校生がやってきた。
「栗原弘樹です。よろしくお願いしまーす」
　明るい口調で自己紹介をする、少しタレ目のかっこいい男の子。
　高い背に、真っ白な肌。
　きらきらした金髪、たくさんのピアス、着くずした制服。
　クラスの女の子たちは、栗原くんを見て、大きな声でさわぎ始める。
「うわ、チャラっ……」
　私の前の席にいる舞香ちゃんが、顔を引きつらせて小さくつぶやいた。
　先生は女の子たちの興奮をしずめると、窓際のいちばんうしろの席にいる私を見やる。
「じゃー、栗原は佐伯のとなりだ。佐伯、ちゃんとサポートしてやれよ」
「あっ……はい！」
「心愛、うらやまし―っ!!」
「いいなあ、あんなイケメンととなりの席なんて！」
　わあ。栗原くん、すっごく人気なんだ。
　とってもかっこいい男の子だもんね。

栗原くんはそばまで歩いて来ると、にこっと気さくにほほ笑んでくれた。
「よろしく、佐伯さん？」
「うんっ。よろしくね」
となりの席についた栗原くんに、私も笑い返す。
すると、栗原くんがさらに笑顔になって、ずいっと身を乗り出すようにして近づいてきた。
見慣れない顔がいきなり至近距離に来て、びっくりしてしまう。
「佐伯さん、すげーかわいいね」
栗原くんが、満面の笑みを見せる。
その瞬間、クラスの女の子たちがいっせいに黄色い悲鳴をあげ始めた。
私はそれにさらに驚いて、ビクッと大きく肩をはねさせる。
「えっ……あのっ……」
「ね、彼氏いる？　いないなら俺が立候補してもいい？」
ど、どうしよっ。
なんだかちょっと、怖いっ……。
いままで凪くん以外の男の子とここまで接近することがなかったから、混乱してしまう。
机の上に置いていた手をつかまれて、恐怖心で体がすくんでしまった。
返事をすることもできず、じわりと目尻に涙が浮かんできたとき。

不意にぎゅっと抱き寄せられて、栗原くんから体が離れた。
「心愛に近づかないで」
　前の席から私の頭と肩を抱き寄せた状態で、冷たい視線を栗原くんに向ける、舞香ちゃん。
　全身で敵視している感じだ。
　教室内がしーんっ、と水を打ったように静まり返る。
「舞香ちゃ……」
　栗原くんには申し訳ないけれど、ほっとした。
　ちょっとだけ、怖かったから。
　舞香ちゃんにありがとうと言おうとしたとき、栗原くんは舞香ちゃんにも、にこっと笑いかけた。
「邪魔しないでほしいな。俺、その子のこと気に入っちゃったんだよね」
「……ふざけないで」
「うそじゃないよ？　ひと目惚れしちゃった」
「どうでもいいわ。あんたみたいなチャラいやつに、心愛をやるつもりないから」
　ピリピリとしたオーラをかもし出す舞香ちゃんと、依然として表情を崩さない栗原くん。
　クラスメイトだけでなく担任の先生までもが、息をのんで行く末を見守っている。
　私も舞香ちゃんに抱きしめられたまま、はらはらしていた。
　だけど栗原くんは全然ひるまずに、くすりと笑い声をも

らして。
「女の子がライバルになるなんて初めてだな。楽しくなるかもね」
　わくわくしたように、そう言った。
　私の栗原くんの第一印象。
　笑顔がとってもかっこいいけれど、ちょっと変わってる男の子。

　それから休み時間になるたび、栗原くんはたくさんの女の子に取り囲まれていた。
　女の子みんなに、にこにことかっこいい笑顔を振りまいている。
　栗原くんって、磁石みたい。
　なんて思いながら、先ほど購買で買ったパックのいちごミルクを、ちゅーっと飲んだ。
　そばにいるレミちゃんは目をハートにして、舞香ちゃんは怒ったような顔で、女の子のかたまりの中心にいる栗原くんをながめている。
「あーかっこいいなあっ、弘樹くん！　あたしも話しかけたい！」
「外見も性格もチャラすぎでしょ。あんな男ありえないわ」
「ほんと心愛、うらやましすぎ！　遊びでもいいから一度付き合ってみたいよね！」
「顔がいいからって調子にのってるのよ。プレイボーイとか最低」

……ふたりの言ってること、正反対だなあ。
　というか、プレイボーイってなんだろう？
　直訳して、遊ぶ男の子？
　栗原くん、いつ遊んでたの？
　私は紙パック片手に、舞香ちゃんの言葉を聞いて、うーんと頭を悩ませる。
「舞香ちゃんてば！　弘樹くんはプレイボーイなんかじゃないよ！」
「さっき話しかけてきた女子たちと、さっそく出かける約束してたのに？」
「それは弘樹くんが引っ越してきたばっかりで、この街のことよく知らないからでしょ？」
「そんなのただの口実じゃない。心愛にひと目惚れしたなんて言ってたくせに。別に信じてないけど」
　舞香ちゃん、栗原くんにとっても怒ってるみたい。
　私も今朝は、ちょっとおびえちゃったけど……。
　ホームルームのときのことを思い出しながら、私はもう一度、栗原くんたちのほうを見てみる。
　たくさんの女の子に話しかけられても、困った顔ひとつしないし。
　質問攻めされても、笑顔ですべて答えてるし。
　気さくで、とってもいい人だと思う。
　ちょっと変わってるなあ、っていう印象があるのも事実だけれど。
「心愛。栗原が言い寄ってきたら、逃げなさいよ」

厳しい口調で、舞香ちゃんが私に注意をしてきた。

私はきょとんと首をかしげる。

「逃げるの？ どうして？」

「危険だから」

危険？

栗原くんが、なにか危険なことをする人だってこと？

うーん……。

たしかに、一気に距離を縮められると反射的に身構えてしまうけれど、見る限りは、人畜無害そうな笑顔なんだけどなあ。

それに、話しかけられたら逃げるなんて、私にはできないよ。

そんなことしたら、きっと栗原くんのこと傷つけちゃうもん……。

「なに話してるの？」

そのとき不意に、そばから声が聞こえた。

そちらを見ると、まさにいま話題にあがっていた栗原くんが私たちを見ていた。

もちろんまわりには、たくさんの女の子が。

瞬間、舞香ちゃんの顔が引きつった。

「俺も混ぜてほしいな。いい？」

「弘樹くん!! どうぞ、どうぞっ！」

レミちゃんが興奮したように言って「きゃ〜っ」と小さく叫ぶ。

そんなレミちゃんにも、栗原くんはにこにこと優しく笑

いかける。
　栗原くんって、本当によく笑う男の子なんだ。
「心愛ちゃんと……舞香ちゃんは？　俺も話に入ってもいいかな？」
「あっ……もちろんいいよ！」
「……」
　栗原くんの問いかけに私はうなずくけれど、舞香ちゃんは黙ったまま。
　目を細めて、栗原くんを見据えている。
　う……。
　舞香ちゃん、とっても鋭いオーラを放出してる気がする。
　栗原くんもきっと気づいていると思うけど、それでも笑顔を絶やさない。
　見てるほうが、冷や汗が出ちゃうよ。
　なんだか今朝と同じような状況だ……。
「気安く名前呼ばないでくれるかしら」
「お近づきには名前呼びからってことで」
「私は近づきたくないんだけど」
「俺はみんなと仲よくなりたいからさ〜。そう言わずに会話に入れてよ」
「私たちがなんの話をしてたか、わかってるの？」
「ん〜。俺の名前が聞こえた気がするんだけど。俺の話？」
「そうよ。あんたがムカつくって内容」
　気づけば女の子も男の子もみんな、私たちのほうに注目していた。

今朝のように静かになった教室で、舞香ちゃんと栗原くんだけが言葉の応酬をつづける。
　冷然と放たれた舞香ちゃんのセリフに、レミちゃんが「なっ!!」と衝撃を受けた表情を浮かべた。
「ちょっ！　舞……」
「ははっ。容赦ないね。俺も傷つくよ？」
「どうぞ。存分に」
　初めて舞香ちゃんが栗原くんににっこりと笑いかけた。
　だけど、まとっているオーラがもっと鋭くなったのは気のせいじゃない！
　あわわわっ……。
　ど、どうするべきなんだろう!?
　でも、栗原くんの笑顔も負けじとずっと保たれたままだ。
　だからといって、傷つくという栗原くんの言葉が冗談だとは思えない。
　舞香ちゃんはとっても怒ってるみたいだし、このままだと栗原くんになにを言っちゃうかわからないよ！
　舞香ちゃんを止めなくちゃ……！
「ま、舞香ちゃん！　……あんなところにUFOがっ！」
　私はそう声をあげて、窓の外の空を指差した。
　ぐるぐると考えて、思いついたのがこれ。
　それに運よく引っかかってくれた舞香ちゃんが、栗原くんから視線をはずしたとき、チャンスだと思った。
「栗原くん！　学校案内してあげるねっ」
　私は栗原くんの腕をぎゅっとつかんで、教室から飛び出

した。

　ひと気のない南棟に逃げてきた私たち。
　というか、私が強引に栗原くんを連れ出しただけなんだけれど。
　舞香ちゃんは怒ると火山が噴火したときのように、とっても怖い。
　大好きだけど、怖いものは怖いもん。
　だから、噴火する前に避難するが勝ち！
「ごめんね。学校案内っていうのは、とっさについたうそで……」
「俺のこと、助けてくれたってことだよね？」
　あっ、わかってたんだ。
　栗原くんが笑って聞いてきたから、私はうなずいた。
　すると栗原くんは、つながったままだった私の手を、逆につかんできた。
「そういうことされちゃうと、期待したくなるんだけど？」
　き、期待？
　なにを期待するんだろう？
　それに……どうして、私の手を握るの？
　いまはあまり怖いとは思わないけれど、栗原くんの行動を不思議に思って、首をかしげた。
「近くから見るともっとかわいいよね～」
　な、なにがだろう……？
　栗原くんの言葉は、さっきから重要な部分が抜けてる気

がする。
　あ、制服がかわいいってことかな。
　いまかわいいと言うとすれば、それくらいしかないはず。
　実際、この高校の赤チェックのスカートはすごくかわいくて、ここ周辺では有名だし、それ目当てでこの高校を受験する子も少なくないみたいだしね。
　転校生の栗原くんも知ってるほどなんだ〜、と感心していたら、栗原くんが1歩近づいてきた。
「もっと俺のものにしたくなるね」
　いたずらっ子みたいな表情を見せる栗原くん。
　なんだか楽しげな栗原くんに、私は「ええっ!?」とすっとんきょうな声を上げた。
　だ、だって……。
　この制服は女の子が着るデザインであって！
　栗原くんは男の子だから、スカートなんて履いちゃったら……！
　……い、いや、でも。
　いまの時代、男の子がスカートを履いていたっておかしくないし。
　元号も令和に変わったことだし、男の子なら男の子の服だけを着るべき、なんていつまでも頭のかたい考えは、改めるべきだよね……！
「ええと、栗原くんは、こういうのが好き……なのかな？」
「こういうの？　……はは、ストレートに聞いてくるね。うん、もちろん好きだよ？」

やっぱり、女の子の格好するのが趣味なんだ。
　　　だったら、できれば私も協力してあげたい……けど。
「そっか。でも……あの、ごめんね。私のは、栗原くんには小さくて入らないかも……」
「……うん？」
　　　ちょっと笑いまじりに、栗原くんが首をかしげたとき。
　　　──キーンコーン……。
　　　間延びした鐘が、校内に鳴り響いた。
　　　その瞬間、私は大事なことを思い出す。
「本鈴、鳴ったね」
「どっ……ど、どうしよう！　早く教室帰らなくちゃ！」
　　　さっきまでは、10分ほどしかない授業の合間の休み時間で。
　　　お昼休みのときのように、予鈴なんて鳴ってくれない。
　　　ち、遅刻だ！　授業に！
「早く行こっ、栗原くん！　転校初日に授業に遅刻しちゃだめだよ！」
　　　教室から連れ出したときのように、慌てて栗原くんの腕をつかんだ。
　　　そして、来た道を戻ろうとしたとき。
　　　栗原くんの腕をつかんでいた手をまたつかまれ、ぐいっと強く引っ張られた。
「わ、わああっ！」
　　　こ、転ぶ！
　　　思わず体が強張ったけど、すぐにもう一方の栗原くんの

腕がのびてきて、支えるように私の腰にまわった。
　転ばずにすみ、ほっとした私の顔を、ほほ笑んだ栗原くんがのぞき込んでくる。
「心愛ちゃん、大丈夫？」
「だ、大丈夫っ。ありがとう！」
　よ、よかったあ。
　栗原くんが支えてくれなかったら、そのまま転んじゃってたよ。
　私、とってもどんくさいもん。
　でも、いま、どうして私の手を引っ張ったんだろう？
　栗原くんもなにかにつまずいて、転びそうになったのかなあ。
　なんて思った私は、ふと気づいた。
　栗原くんの腕が、まだ私の腰にまわったままだということに。
「く……栗原くん？」
「ん？」
「もう、離してもいいよ？」
　もう転ぶ心配はないし。
　栗原くん、心配症なのかな？
　……って、そんな悠長に考えてる暇はないんだった！
　早く教室に……！
「離したくない。もうちょっとだけ、こうさせてよ」
　栗原くんはくすりと小さく笑うと、離すどころかさらに私を引き寄せる。

えっ……ど、どうして!?
　なんだかすごく密着しているように思えるのは、気のせいかな……？
「ちっちゃいねえ、心愛ちゃん。俺の腕の中にすっぽり入っちゃうじゃん」
「あ、あのっ……」
　こっ、このままじゃ、もっと授業に遅刻しちゃうよ!?
　あせる私を知ってか知らずか、栗原くんはここから離れるどころか、私を離してもくれない。
　な……なんでなんだろう。
　もしかして……支えが必要なくらい、体調が悪いの？
　そんな素振りはなかったと思うけど……。
　でもそうなら、こんなところにずっといちゃいけない！
「栗原くん？　大丈夫？」
「ん？」
「……保健室、行く？」
　体は熱くないから、熱はないと思う。
　しんどいから動かないのかな。
　とりあえず、体調が悪いんだったら保健室に……。
　そう思っていると、ふいに栗原くんが私から少しだけ体を離して。
「保健室って……心愛ちゃん、もしかして俺のこと誘ってんの？」
「へ？　うん、もちろんっ」
　栗原くんのほかに誘う相手いないよ。

どうしてそんなこと聞くんだろう？
　栗原くんって、なんだかよくわかんない男の子だなあ。
　あ、ただ単に私に理解力がないからわからないだけなのかな。
　凪くんだったら、きっとそう言うだろうしね。
「へえ？　それってつまり、俺のものになる気になったってこ……」
　——ガンッ!!
　栗原くんがなにか言いかけた途中で、突然、そんな不可解な音がした。
「……へ？」
　な……なんの、音？
　一瞬なにが起こったのか、わからなかった。
　おかしな音が聞こえた、直後。
　なぜか栗原くんが、ゆっくりと私のほうへと倒れ込んできて。
「えっ!?　栗原く……っ」
　なんの身構えもしていなかった私は、栗原くんの体重を支えきれるはずもなくて、そのままどさーっと一緒に倒れてしまった。
　えっ、ちょっ!?
　ど、どうなってるの……!?
「……ほんっと、サイテーな男ね」
　混乱する私の耳に飛び込んできたのは、とっても聞き慣れた声。

そちらへ顔を上げると、栗原くんが立っていたところに、舞香ちゃんが仁王立ちしていた。
　私に倒れ込んできている栗原くんを、冷ややかなまなざしで見おろしている。
「ま……舞香ちゃん？　あ、あれ？」
　いまだに状況がのみ込めない私。
　な、なにがどうなってるんだろう。
　どうして栗原くん……。
「気、失ってる……？」
　やっとの思いで私の上からどかせた栗原くんの目は、眠っているように閉じていた。
　あ、あれ？　あれれ？
　どうして意識がなくなっちゃったの？
　クエスチョンマークがたくさん生まれたものの、「あっ」と私は納得した。
　やっぱり栗原くん、体調が悪かったんだ！
　だから気絶しちゃったのか……！
　とりあえず栗原くんを寝かせて立ち上がった私は、慌てて舞香ちゃんを見上げた。
「舞香ちゃん！　栗原くんが倒れちゃったよっ。保健室に連れていかないと……」
「そんな男、ここに放置しとけばいいわよ」
「そ、それはいくらなんでもっ……って。舞香ちゃん、授業は？」
　いまは授業中のはずだ。

なのにどうして舞香ちゃんは、ここにいるんだろう？
　疑問に思って尋ねると、舞香ちゃんはキッとにらみつけきた。
　わああっ！　舞香ちゃん、怒ってる！
「仮病使って、心愛たちのこと探してたに決まってるでしょ！　心愛！　なにこの男に抱きしめられてんのよ！」
「えっ……えっ？　抱きし……？」
「あーもー、だめだわこの子！」
　私を叱ったと思ったら、頭をかかえてしゃがみ込んだ舞香ちゃん。
　こ、こんな舞香ちゃん、初めて見た……。
　いつも落ちついていて大人っぽい舞香ちゃんだから、とっても意外だ。
　ど、どうしよう。
　でも、いまはとにかく、栗原くんを保健室に連れていくのが最優先だよねっ。
「ま、舞香ちゃん！　栗原くんを保健室に運ぶの、手伝ってほしいっ」
「絶対いやよ。私に殴られたのは当然のむくいだもの」
　え？
　舞香ちゃんが栗原くんを、な、殴った？
　……いつ？
　落ちつきを取り戻したらしい舞香ちゃんは立ち上がり、ため息をついて栗原くんを見下ろす。
　やっぱり舞香ちゃん、まだ栗原くんのこと怒っているみ

たい。
　でも……。
「舞香ちゃん……！　お願いっ……」
　私ひとりじゃ、長身の栗原くんを運んでいけそうにないもん……。
　こんなところに寝かせたままでいるわけにはいかないし、どうしても舞香ちゃんの助けが必要だよ……。
　眉を下げてお願いすると、舞香ちゃんは数秒後、脱力したように息を吐いた。
　そして、ぴくりとも動かない栗原くんの肩を軽く蹴る。
　わわっ！　だ、だめだよ！
「はあ。心愛の頼みなら仕方ないわね」
「あ……ありがとうっ」
　しぶしぶといった感じで、栗原くんの腕をぐいっと引っ張る舞香ちゃん。
　な、なんだかちょっと適当な感じもするけど……。
「ただし、私ひとりで連れていくわ」
「どうして？」
「意識がないとはいえ、こんなやつにふれてほしくないの。心愛は教室に戻ってなさい」
　どうしてふれてほしくないんだろう？
　よくわからないけど、ここはしたがっておいたほうがいいのかな。
「わ……わかった！　ありがとう、舞香ちゃんっ」
　言われたとおりにしようと思った私は、栗原くんを気に

しながらも、ひとりで教室へ戻った。

　授業に遅刻したから怒られるかなとビクビクしていたけれど、教室に入って「ごめんなさい」と謝ると、先生はあっさり許してくれた。

　怖いって有名な男の先生だったから、ちょっとびっくりだったなあ。

　それから、舞香ちゃんもすぐに帰ってくるかなと思っていたのだけれど。

　その授業中に、舞香ちゃんは帰ってくることはなかった。

子どもっぽくてごめん

　結局、舞香ちゃんが教室に帰ってきたのは、授業が終わった後だった。
「舞香ちゃん、おかえりっ。遅かったね？」
　舞香ちゃんが私の前の席についたので、うしろから声をかけた。
　振り返った舞香ちゃんは、なぜか私を真剣な瞳でじっと見つめて。
「……心愛。いますぐ誰かと席を交換してもらうべきだわ」
「ほえ？　どうして？」
「……」
　イライラしたように眉をひそめて、黙り込む舞香ちゃん。
　どうしたんだろう……？
「あっ、そうだ。舞香ちゃん、栗原くん目を覚ました？」
　栗原くんを保健室に運ぶだけで、こんなに時間はかからないはずだもんね。
　私が尋ねると、舞香ちゃんの眉間のしわがさらによった。
　と……とっても不機嫌だ。
「意識なら、最初からあったわよ。まあ、いまは本当に気失ってるけど」
「え？」
「ほんっと最低。あんなやつ、こっぱみじんに滅んじゃえばいいのに。心愛、もうあいつに近づいちゃだめよ」

ふえぇっ……。
　舞香ちゃん、すごく怖いよ！
　いったい、ふたりの間になにが!?
　栗原くん、舞香ちゃんのこと怒らせすぎだよ……っ！
「舞香ちゃん、おかえりーっ」
　あわあわと動揺していると、レミちゃんがお弁当片手に現れた。
　あ、そうだ。
　お昼休みに入ったんだったっ。
　とりあえず、舞香ちゃんをこれ以上イライラさせないために、栗原くんの話は控えて……。
「舞香ちゃん！　弘樹くん、倒れちゃったんでしょ!?　大丈夫なの!?」
　思いきり栗原くんの話だー!!
　事情を知らないレミちゃんが、火に油を注いでしまった。
　ピクッと舞香ちゃんの眉が反応したのがわかって、私は背中に冷や汗を感じた。
　わああ……！
　こ、ここはちがう話で誤魔化すしかっ！
「舞香ちゃん！　……くっ、唇が切れてるよっ。私、リップクリーム持ってるけど、いるっ？」
　ぱっと目についた、舞香ちゃんの切れた唇。
　少し血が出てる。
　寒いから、荒れちゃったのかな？
　私に指摘された舞香ちゃんは一瞬動きを止めたあと、な

ぜかすごく怒った顔になって、となりの机をガンッとこぶしで殴りつけた。
　ひえええ！
　どどど、どうして!?
　言っちゃいけないことだった……!?
「誰かさんのせいで切れたのよ！」
「え、なに？　どうしたの、舞香ちゃんっ！」
　慌てた様子で声をかけるレミちゃん。
　すると、舞香ちゃんは「……レミ」と低い声でレミちゃんを呼んだ。
「あんたは見る目がないわ！」
「ええっ？」
「栗原を好きになるのはやめときなさい。絶対に！」
　強い瞳で言う舞香ちゃんに気圧されたレミちゃんは、「え、え？」と混乱している。
　ほ、本当に、保健室でいったいなにがあったんだろう!?
　こんなに怒ってる舞香ちゃん、初めて見たよ……！
　それから３人でご飯を食べたけれど、栗原くんの名前は絶対に出さなかった。
　舞香ちゃんに栗原くんの話は禁句だと、心に刻み込んでおいた。

　栗原くんは、帰りのホームルームが始まっても教室に戻ってこなかった。
　家に帰っちゃったのかなあ。

そんなことを思いながら、担任の先生が前で話をしているのを見ていると。
「ああ、そうだ。佐伯は帰る前に、保健室に栗原の様子を見に行ってやってくれないか」
　ホームルームを切り上げようとした先生が、思い出したように私を見た。
　ぼーっとしていたに近かった私は、思わず「へ？」とまぬけな声をこぼす。
「となりの席だしな。渡さないといけないプリントもあるし、頼むよ」
「えーっ、心愛、ずるい！」
「あたしが行きたいー！」
　女の子たちが次々と声を上げて、栗原くんはやっぱり人気なんだなあと思った。
　ちょっと変わっているけど……いい人なのは間違いないよね。
　でも舞香ちゃんのことは、何度も怒らせちゃってる。
　わざとではない……と思うけれど。
　舞香ちゃんが怒ると私も悲しいし、席も近いんだから……このままじゃだめだ。
「うるさいぞ、おまえら！　先生は佐伯にお願いしてるんだ。佐伯、頼めるか？」
「はいっ。わかりました」
　私がうなずくと、女の子たちは「いいな〜」と少し不服そうに私を見る。

うう、ごめんね。
　でも今回は、私が行きたい。
　私が行って、舞香ちゃんと仲よくしてほしいって栗原くんにお願いするんだ。
　栗原くんはいい人なんだもん。
　きっとわかってくれるはずだ。
　ホームルームが終わると、舞香ちゃんが「心愛っ」と厳しい口調で私を呼んだ。
　あっ……や、やっぱり。
「栗原に近づいちゃだめって言ったじゃないっ。あの男、なにするかわかんないのよ！」
「そ、そんな危険人物みたいな……」
「だから、危険なの！　代わりに行きたい女子なんていくらでもいるんだから、誰かに行ってもらいなさいよ！」
　そ、そこまで栗原くんのことを警戒してるんだ……。
　保健室から帰ってきてから、さらに舞香ちゃんの警戒心が強くなってる気がする。
　仲よく、なんて無理かなあ……？
　でもこのままじゃだめだってことは、変わらないもん。
　栗原くんが少し変わってくれたら、舞香ちゃんももう怒ることはない、と思う。
「舞香ちゃん。私ね、どうしても栗原くんに言いたいことがあるの。だから……行かせてほしいな」
　口元で手を合わせ、舞香ちゃんを見上げて懇願(こんがん)してみる。
　お願い！って気持ちを込めて。

「……」
「だめ、かなあ……？」
　なにも言わない舞香ちゃんに、やっぱりゆるしてもらえないかなと不安になった。
　だけど舞香ちゃんは、そんな私の頭に手をおいて、優しくなでた。
「……ったく。それで無自覚なのが怖いくらいだわ……」
　あきれたように小さくつぶやくと、「しょうがないわね」と了承してくれた。
「ただし、坂野くん同伴よ」
「うんっ、わかった！　ありがとう！」
　よかったあ。
　やっぱり舞香ちゃんは優しい。
「舞香ちゃん、大好き！」
「はいはい。絶対に坂野くんにとなりにいてもらいなさいよ」
「うん！」
　笑顔でうなずいたとき、ちょうど入り口付近から女の子たちのさわぐ声が聞こえた。
　凪くんだ。
　凪くんも栗原くんみたいにとっても人気だから、私のクラスに来たら絶対に女の子たちが反応するんだよね。
「じゃあ、私、行ってくるね！」
「ええ。なにもないことを祈ってるわ」

舞香ちゃんと、レミちゃんにも手を振って、私はクラスまで迎えに来てくれた凪くんのもとへ向かった。
　女の子たちに話しかけられているけれど、凪くんはいつもと変わらず、あまり反応していない。
「凪くんっ」
　だけど私が声をかけると、凪くんはこちらを見て目元をふっと優しくゆるませるんだ。
　きっと、幼なじみの私だからこそわかる、小さな表情の変化。
　それを目にするたびに、なんだかとっても心がほっこりする。
　やっぱり凪くんは、王子さまみたいだよ。
「帰るか、心愛」
「うんっ。でも、あのね、帰る前に保健室によりたいの」
「保健室？」
　廊下を歩きだしながら、凪くんが不思議そうに聞き返してくる。
「いいけど。どっかケガでもしたの？　おまえどんくさいしな」
「うっ……。凪くん、ひどい！」
　そのとおりだから、否定はできないけどっ。
　じゃなくて……。
「私じゃないの。今日、私のクラスに転校生が来たんだけどね」
「ああ……なんだっけ。黒原(くろはら)だっけ？」

「お、惜しいけどちがうよ……！　栗原くんっていうの。って、どうして知ってるの？」

　栗原くんは今日転校してきたばかりだし、クラスも離れてるのに……。

　尋ねてみると、凪くんは面倒くさそうな表情を見せた。
「林から聞いた。クラスの女子もさわがしかったし。相当なイケメンらしいじゃん」
「そっか！　そう言えば、ほかのクラスの女の子も、栗原くんを見にきてたもんね。本当に、とってもかっこいいんだよ！」
「……」

　気さくだし、よく笑う男の子だし。

　舞香ちゃんを怒らせちゃうこと以外なら、とってもいい人だ。

　……あ、話がそれちゃった。
「それでね、栗原くんが倒れちゃったから……」
「心愛」

　説明しようとした声をさえぎって、凪くんが私の名前を呼ぶ。

　なぜか、ぴたりと急に立ち止まった凪くんに、私は首をかしげた。

　すると凪くんは、私のあごを指でくいと持ち上げて、そっと顔を近づけてきた。

　――どきっ……。
「なっ、凪く……ん？」

廊下にいる女の子たちが、こちらを見て「きゃーっ!!」と高い声で叫んだ。
　こっ……。
　こんなところで、こんなこと！
　みんな見てるし、恥ずかしいよ……！
　かああっと顔に熱が集中する私を見つめて、やっぱり平然としている凪くんが口を開く。
「俺とそいつ、どっちがいい？」
「へっ……!?」
「俺とその栗原ってやつ。……どっちが心愛にとってかっこいい？」
　どきどきと鼓動が速くなっていく中、凪くんの質問の意味がわかった私は戸惑った。
　ど、どうしてそんなこと聞くの？
「そ、そんなの……比べられないよっ。ふたりとも同じくらい、か、かっこいいもん……」
「同じくらいかよ……」
　ちょっとだけ落胆したようにそう言って、凪くんは私から顔を離した。
　わあっ……。
　す、すっごくどきどきしちゃった。
　顔まだ熱いし、恥ずかしいよっ……。
「栗原くんのときと、全然違う……」
　凪くんに聞こえない声で、小さくつぶやいた。
　今朝いきなり栗原くんに顔を近づけられたときは、ただ

怖くなっただけで、どきどきなんてしなかった。
　お昼休みに腰に腕をまわされたときだって、思えばとっても距離が近かったのに。
　なのに、こんなに緊張したみたいにならなかった。
　凪くんだと……。
　少し近づいただけで、すっごく、心臓がさわがしくなる。
　ずっといっしょにいた相手なのに……どうして？
「あの、凪く……」
「……心愛は保健室、行ってくれば？　俺は先に帰ってるから」
　……え？
　なぜか急に冷たい声を落とした凪くんに、私は目を見開いた。
　怒ってるように聞こえたのは、気のせい、かな……？
「どうして？　なにか……用事があるの？」
「別に。栗原んとこなら、心愛ひとりで行けばいいじゃん」
「……」
　気のせいじゃ、ない。
　怒ってる。
　いくら私でも、凪くんがいつもと違う声だってことくらい、わかるよ。
　どうして怒ってるの……？
「やだ……」
　思わずのびていた手が、凪くんのブレザーをきゅっとつかんだ。

そうしようと思ったんじゃなくて、気づいたら引きとめていたんだ。
　なんだかとっても、さみしくなった。
　そんな冷たい態度で、私を突き放したりしないで……。
「凪くんがいてくれないと……やだ」
「……心愛？」
「凪くんがいないとだめなんだもん……」
　舞香ちゃんに、絶対にとなりにいてもらいなさいって言われたから。
　……だけど、凪くんを引きとめた理由は、それだけじゃないんだよ。
　単純に、私を置いて帰っちゃうことに、すごく悲しくなってしまったから。
　私、いますごくわがままだ。
　凪くんならずっとそばにいてくれるなんて、当然のことのように考えてるのかもしれない。
　こんなの、凪くんに迷惑だ……っ。
「ご、ごめんね。私、なんだかとっても子どもみたいだね。凪くんが帰りたかったら、全然、帰っていいよっ……」
　冷静になった私は、凪くんのブレザーから、ぱっと手を離した。
　だけど、さみしいのは変わらない。
　こんなに泣きそうになっちゃうなんて。
　凪くんに手を振って、早く保健室に向かったほうがいいかもしれないと思ったとき。

「ひゃっ……」
　──なんの前触れもなく凪くんに体を引き寄せられて、私と凪くんの距離が、ゼロになった。
　ぎゅっと抱きしめられたということを理解したのと、なにか柔らかいものが私の額にふれたのは、ほぼ同時だった。
　またまわりから悲鳴が聞こえた……ような気がする。
　そんなことすらちゃんとわからないほど、私は混乱状態におちいった。
　どっ……どう、なってるの……!?
　どうして私、いま、抱きしめられてるの!?
「あ、あの、待って、凪くんっ！　し、心臓が……っ」
「そういうこと……不意打ちで言うなよ」
「ふえっ……!?」
「かわいすぎて、こっちの心臓がもたねえ。俺のこと殺す気かよ、ばか」
　熱を帯びたような声が、耳元でささやかれる。
　それだけで、血が沸騰してるんじゃないかってくらい、体中が熱くなった。
　そのあと、少しだけ抱きしめる力が強くなったかと思うと……すぐに体が離された。
「凪くんっ……？」
「……っばか。なんで、なにもないところで転びそうになってんだよ」
「へ？」
　見上げた凪くんの表情は、いつもと変わらなかった。

顔が少しだけ赤くなってる気もするけど……あれ？
　い、いつもどおり？
「俺が受け止めなかったらこけてただろ、おまえ。ほんとどんくさいな」
「えっ!?」
　あ、あのっ？
　う、うまく状況がのみ込めな……。
　っていうか、さっきのは……なに!?
　わ、私、転びそうになったんだっけ？
　衝撃が強すぎて、その前の記憶なんて飛んでいってしまった。
　じゃあ……本当は抱きしめたわけじゃなくて、ただ受け止めてくれただけ？
　でもそれなら、さっきの言葉たちは……？
「ほら、保健室行くんだろ。ついていってやるから」
　私の手をつかんで歩きだす凪くん。
　本当に、いつもどおりだ……。
「ついてきて……くれる、の？」
　いまだに注がれるまわりからの視線に恥ずかしくなりながらも、私はおずおずと尋ねた。
　遠慮気味に、凪くんの手を握り返して。
　そしたら凪くんも、もっと強く握ってくれたのは……気のせいかな。
　少しだけこちらに顔を向けた凪くんの横顔は、やっぱり、ちょっとだけ赤く見える。

でもたぶん、私のほうがもっと赤くなってると思うけれど。
「さっき冷たくしたの、ごめん。……おまえより、俺のが子どもっぽかった」
「凪くんが……？」
「超かっこわりい……。彼氏でもないくせに、あからさまに態度に出すとかありえねぇ……」
　うなだれるようにため息交じりで凪くんが言うけど、声が小さくてなんて言っているのかわからない。
　とにかく……怒ってないみたいだから、よかった。
　本当に、よかったよ……。
「あ！　凪くんっ。さっき私のこと受け止めてくれてありがとうっ」
　笑顔でお礼を言った私を見て、凪くんは、はあ……と重いため息をついた。
　あ、あれ？
　どうしてため息つかれたんだろう……。
　凪くんのとなりに並んだ私は、なんだか落胆しているような凪くんの様子に、きょとんと首をかしげた。

怒らせちゃう性分

【凪side】
「栗原ってどんなやつ？」
　別棟にある保健室に向かう途中、なに気なく問いかけてみた。
　……いや、なに気なくなんて嘘だ。
　名前しかしらない男に、すげームカムカしてる。
「栗原くんはね、女の子にとっても人気で、よく笑う明るい男の子だよ」
「ふーん」
「いい人だとは思うんだけど、でも、舞香ちゃんのことをよく怒らせちゃうんだよね……」
　悲しそうにつぶやく心愛。
　でも俺はそれより前の心愛の言葉に、さらにムカつきを募らせていた。
　嫉妬してることなんて、絶対に心愛には知られたくないけど。
　さっきも、危なかったし……。
　それでもやっぱり、心愛がほかの男を褒めるのは面白くないから。
「じゃあ、俺とも合わないかもな。心愛の話を聞く限り、俺の嫌いなやつだし」
　なんて、まるですねたようにばかみたいなことを口にし

ていた。
　俺ってほんとに子どもっぽい……。
「ええっ、どうして!?　私、栗原くんのいいところばかり言ってるのに！」
「だからだっつーの」
　もちろんこんなことを言っても、心愛にわかるわけがないけど。
　こいつ、理解力ないし。
　たぶん心愛なら……。
「じゃあ……栗原くんの悪いところを言ったら、好きになるの？」
　……みたいなこと、言うと思った。
　そんなわけないじゃん。
　やっぱりこいつは純粋を通り越して、ただのあほだ。
　けど、かわいくて仕方がない。
「さあ、どうだろな。じゃあ、心愛から見て、そいつの悪いとこ言ってみて」
　少しは気が晴れるかもしれない、と我ながら性悪なことを考える。
　心愛はもちろん、俺がそんなことを考えているなんてつゆほども知らず、うーんと真剣に考えだした。
　……こんな俺が、王子さまに当てはまるわけねえのに。
　おまえの王子さまにはなりたいって、思うけど。
「うーん、栗原くんの悪いところかあ。……あ。悪いわけじゃないけど、なんだかちょっと近いところかなあ？　あと

ちょっとだけ変わってるかも」
　あごに人差し指を当てて、思い出すように言葉を並べていく心愛。
　そのうちのひとつに少し引っかかり、俺は「は？」と怪訝な表情で心愛を見る。
「近いってなに？」
「えっとね。突然、顔を近づけられて、びっくりしちゃって。あとは体調が悪かったからみたいだけど、体を離してくれなかったり。それはちょっとだけ困った……かもっ」
　――はあ？
「なにそいつ。何発か殴っていい？」
「ええっ!?　ど、どうして!?　だめだよ！」
　顔を近づけたり、体を離さなかったり？
　ふざけんな。
　誰の了承を得てそんなことやってんだよ！
　つーか、心愛もそんなことされんなよ!!
「その栗原ってやつ、すっげー嫌い。世界でいちばん嫌い」
「な、なんでそうなるの！　わ、悪いところを言えば好きになるんじゃ……っ」
「んなわけあるかよ。逆効果だっつーの」
　それくらいわかるだろ。
　いや、わからないのが心愛なんだけど。
　あわあわとあせる心愛をひそかにかわいいと思いながらも、栗原に対してのイラ立ちは増幅する。
　気がつけば、もう保健室のドアの前まで来ていた。

よし、殴る。
「な、凪くん。絶対、殴ったりしちゃだめだよ？　そんなことしたら痛いもん！」
　頭の中で決心する俺を、すかさず注意してくる心愛。
　こいつはほんとに、なんにもわかってねえ。
「痛い目遭わねえとわかんないやつなんじゃねえの、そいつ」
「痛い目なんて遭わなくていいんだよ！　栗原くん、いい人だし……！」
「気に入らねえ」
　吐き捨てるように俺が言ったとき、唐突にドアがガラッと開いた。
　そちらを見れば、金髪で長身の見かけたことのない男が立っていた。
　イケメン……ではあるけど、なにこいつ。
　雰囲気が、チャラい。
「あれ、心愛ちゃん？」
　は？
　なんでこいつ、心愛のこと知ってんの？
　金髪のチャラい男から心愛へと視線を移動させると、心愛は驚いたように「栗原くんっ」と声を上げた。
「ずっと帰ってこないから、心配してたんだよ。もう大丈夫なの？」
「大丈夫、大丈夫！　気を失ったけど、すぐ目覚めたし。サボってただけだよ？」

「ええっ!?」
　……こいつか、栗原って。
「休み時間のたびに、いろんな女の子が保健室に来て大変だったんだけど。心愛ちゃんも、もしかして俺の様子を見に……」
「気安く心愛の名前呼ぶなよ」
　意識せずとも、自然と威嚇(いかく)するような低い声が口から飛び出した。
　心愛をうしろにして、ふたりの間に入る。
　背後から「凪くん？」と不思議そうな声が聞こえたけど、いまは無視。
　にらみつける俺に、栗原はきょとんとしたあと、にっこりと笑顔を見せてきた。
　目、笑ってねえじゃん。
　心愛は気づかねえだろうけど。
「邪魔しないでほしいなあ。俺、心愛ちゃんとお話してたんだけど？」
「おまえみたいなやつと会話させたくない」
「あははっ。まいったなあ。キミも舞香ちゃんみたいなタイプか～」
　舞香って……心愛の友だちか。
　さっき心愛もその名前出してた気がするし。
「でも、キミにそんなこと言われる筋合いないよ。キミ、心愛ちゃんのなんなの？」
　ここで彼氏だって言えたら、どれだけいいか。

天然な幼なじみのおかげで、男にこういう問いかけをされることはざらにある。
　そのたびに、いつもそう思ってしまう。
　自分から行動しない限り"幼なじみ"という枠組から脱することはできないって、わかってはいるけれど。
「凪くんは私の幼なじみだよ！」
「幼なじみ？　へえ～……」
　うしろからにこやかに答えた心愛の言葉に、ふくみ笑いをもらす栗原。
　感じ悪。
　俺もだろうけど。
　保健室のドアを静かに閉めた栗原は俺たちを見て、眉を下げて笑った。
「ほほ笑ましいよねえ、幼なじみって。でも、身動きがとりにくいと思わない？」
「は？」
「俺、幼なじみってさあ、好きになっちゃいけない相手だと思うんだよね」
　そう言った栗原の瞳が、ほんの一瞬だけ翳ったような気がした。
　あざけるような、負の表情。
　あきらめにも似た色のその表情はすぐに笑顔に戻ったから、見間違いかもしれない。
　まあ、関係ないしどうでもいい。
「なにが言いたいのかまったくわかんねえんだけど。とり

あえず殴っていい？」
「な、凪くん！」
「えー、なんで？　俺、キミになんかしたっけ？」
　わざとおどける口調に腹が立つ。
　こいつもある意味ケンカ腰だ。
　とにかく、こいつが心愛に近づこうとしていることはわかった。
「おまえ……心愛に気があんの？」
「うん、あるよ？　だから、キミにはゆずってもらいたいなあって思ってる」
　思ったよりさらりと心愛への好意を認めた栗原は、貼りつけたような笑顔のままふざけたことを頼んできた。
　本気じゃないことなんて一目瞭然だ。
　つーか、俺が心愛のこと好きだって見透かされてるし。
　……俺もわかりやすいだろうから、当たり前か。
　むしろ気づかない心愛がおかしい。絶対。
「無理。おまえなんかに心愛をやるわけねえだろ」
「そのセリフ言われるの２回目だよ。ほんと舞香ちゃんと似てるねえ。心愛ちゃん、愛されてるねー？」
　栗原はそう明るく言って、俺のうしろにいる心愛をのぞき込む。
　急に話を振られた心愛が、「えっ」と戸惑った声を出した。
　さっきから、ずーっと続いているイライラが、そろそろ最高潮に達する気がする。
　笑い方や口調や言葉すべてが、俺をイラ立たせる要素で。

こいつとは絶対に合わないと強く確信する。
　できればいますぐ殴りたい。
　でも、心愛がいる前で怖がらせるようなことはもちろんできない。
　それに嫌われたくないし。
「ま、キミの気持ちも舞香ちゃんの気持ちも、俺には関係ないよ。俺は俺のしたいようにさせてもらうからさ。それで心愛ちゃんが俺に落ちちゃっても、うらまないでね？」
　……マジでいますぐ殴りたい。
　その自信はいったいどこから来てんだよ。
　まあ、整った容姿や性格からして、女には飢えていないような遊び人だと思うし……。
　そんなやつに心愛をゆずれるわけがない。
　いや、どんなやつでもゆずらないっていうのが本心だけど。
　心愛がこんなやつに落ちるはずもないし。
　伊達に幼なじみをやっているわけではないから、それは言い切れる。
「心愛にはなにやっても、無駄な努力だと思うけど？」
「それはどうかな。俺とキミはちがうもん」
　ウザっ！
　挑発を挑発で返された。
　無駄に自信に満ちあふれた笑顔にさらにイライラする。
　栗原はぽんと俺の肩に手を置いて、耳元に顔を近づけてきた。

「となりの席だし、近づくチャンスなんてたくさんあるからね。キミがなにもしないなら、遠慮なくもらうよ」
　よりによってとなりの席かよ……。
　こいつは厳重注意しとかねえと。
　心愛の友だちもあいつのこと嫌ってるみたいだから、大丈夫だろうとは思うけど……。
　去っていく栗原の背中をにらみつけながら、そんなことを考えていると。
「あっ、栗原くん！」
あろうことか、心愛がなにかを思い出したように栗原を引き留めた。
　それから、無防備にぱたぱたとそちらへ駆け寄っていく。
　うっわ、あいつ……！
　ほんっとなにもわかってねえ！
「あのね、先生からプリント預かってきたの」
「ああ、ありがと。心愛ちゃんは優しいね」
　心愛の頭をなでようとする栗原の手を、俺はすかさずはらい落とした。
　油断もすきもねえやつっ。
　心愛はその逆だし！
「あっ、栗原くん。唇切れてるよ」
　心愛は自分の唇を指差し、小さく首をかしげて栗原にそう言った。
　そのあと、なぜか「あれ？」と不思議そうな声を出す。
「そういえば、舞香ちゃんも唇切れてたような……」

「うん。舞香ちゃんに噛まれちゃって」
「……え？」
「心愛、行くぞ！」
　やっぱりあいつ、絶対に遊び人だろ！
　意味がわかっていない様子の心愛の手をいささか強引につかみ、はや歩きでその場を離れる。
　慌てて心愛が「栗原くんっ、またね」と言うと、栗原は笑顔でひらひらと手を振った。
「ねえねえ、凪くん。さっき栗原くんが言ってたの、どういうことだと思う？」
　靴箱に行く途中で、うしろから無知な幼なじみが問いかけてくる。
　わかれよ！
　危機感なさすぎ！
「噛まれたって言ってたけど……唇なんて噛めないよね？」
「噛めるよ」
「えっ……どうやって？」
　それを俺に聞くのか。
　我ながら苦労するな……。
　いろんな意味であきれ果てて、思わずため息がこぼれた。
「教えてほしいの？」
　靴箱についたので、心愛の手を離した。
「実際にやってやろうか？」
　振り返ってそう軽く言ってみると、心愛は「え……」と少しだけ考えるような表情を見せた。

そしてすぐに、あせったようにぶんぶんと首を振る。
　さすがに心愛でも理解できたか。
　唇を噛むイコール、キスすることになるって……。
「噛まれたら痛いもん！」
　わかってなかった。
「ああ、そうだな。噛まれたら痛いから、実際にはやらないほうがいいよ」
「え、凪くん、なんでそんなに棒読み……」
「別に。つーかおまえ、栗原には絶対に近づくなよ」
　靴箱で靴を履き替えながら、強い口調で心愛に注意をうながす。
　心愛があいつを好きにならないことはわかってるけど、なにをしてくるかわかんねえし。
　そう考えると、心愛とちがうクラスなのがもどかしい。
「どうして？　栗原くん、いい人なのに。それに、となりの席だから遠くにはいけないよ？」
「……危険なんだよ。となりの席でも極力関わらないようにしろ。話しかけられたら逃げろ」
「凪くん、ほんとに舞香ちゃんと同じこと言ってるね」
　無邪気に口元に手を当てて小さく笑う心愛は、全然わかっていない。
　しょうがない……。
　それなら、俺と同じことを言っているらしいその舞香っつー女に頼むしかないな。
　心愛と栗原を絶対に近づけるなって。

「でも、どうしてふたりとも栗原くんのこと危険だって言うの?」
「心愛だって言ってただろ。顔近づけてきたり、離してくれなかったって。あいつが心愛にまたなにするかわかんねえし、そういうことされると、心愛だって困るんだろ?」
「そっか……。ふたりとも、私のために言ってくれてたんだね!」
「それ以外ねえっつーの。俺、いま、すげー栗原に怒ってるから。心愛も警戒しとけよ」
　生徒玄関を出ながら言うと、自分のためだといまさら気づいた心愛は「ありがとう」と笑った。
　お礼より『わかった』という了解の言葉が欲しかったけど、かわいいから、それでいいかとも思う。
「凪くんと舞香ちゃんって似てるね」
「知らねえけど、そうなんじゃねえの。そいつも栗原に怒ってるんなら」
「栗原くんは、凪くんと舞香ちゃんみたいな人を怒らせちゃうタイプの男の子なのかなあ」
　正門を出たとき、心愛が心愛らしい見解をつぶやいた。
　別に栗原が心愛を狙っていなければ、俺にとってはどうでもいい存在だ。
　おまえがからんでるから、俺はあいつが嫌いなんだよ。
　そんなことを言っても、どうせ心愛には理解できないんだろうけど。
　わかんなくていいよ。

俺の気持ちを知るのは、まだ先でいい。
　心愛にとって、俺より恋愛対象に入りうる男なんていないはずだから。
　"幼なじみが好きになってはいけない相手"なんて、絶対にありえねえ。
　無知で天然でなによりも大切なこの幼なじみは、絶対にゆずらない。

少しだけ苦手です

　それから日は流れて、テスト前日。
　一応、いまは自習時間なのだけれど、勉強をしている子もいれば友だちと話している子もいる。
　先生も注意せずに文庫本を読んでいるし、テスト前日なのにわりと自由な時間だ。
　数学の図形に苦戦していた私は、となりからとんとんと肩をたたかれて顔を上げた。
「心愛ちゃん。この問いわかる？」
「えっ……ごめんね。そこは私もわかんなくて」
「そっか。じゃあ、舞香ちゃんはここの解き方わかるー？」
　栗原くんが明るいトーンで、前の席の舞香ちゃんに話しかける。
　英語の問題集に取り組んでいた舞香ちゃんは、ぎろっと栗原くんに冷やかな視線を送った。
　それに私が冷や汗を感じるのも……もう、毎度のこと。
「ウザいから話しかけてこないで」
「舞香ちゃん、頭いいでしょ？　教えてくれたっていいじゃーん」
「一生口がきけないようにしてほしいの？」
「意地悪だな〜」
　舞香ちゃんのとなりの男の子は、また始まったねという顔で私を見てきた。

栗原くんが転校してきてからというもの、毎日のようにこういう光景を見る。
　毎回、栗原くんから舞香ちゃんに話しかけて、舞香ちゃんはそれを冷たくあしらうんだ。
　舞香ちゃんは栗原くんを傷つけそうな言葉ばかり返しているけれど、栗原くんはいつも笑顔。
　この前『案外ドMなのかもしれないわね』と舞香ちゃんは言っていた。
　どえむ、ってどういう意味だろう。
　とにかく、やっぱり栗原くんはちょっとだけ変わっているんだと思う……。
「舞香ちゃん、舞香ちゃん」
「……」
　にこやかに栗原くんが話しかけるけど、舞香ちゃんはついにシカトしだしてしまった。
　うう……。
　ふたりを見てると、本当にはらはらするよ。
　舞香ちゃん、いつか爆発しちゃったりしないかなあ？
「ああ、そうだ。……舞香ちゃんは唇の傷、治った？」
「……っ！」
　栗原くんがからかうような口調で尋ねた瞬間、舞香ちゃんはガタリと立ち上がった。
　私はそれにびっくりして目を丸くする。
　どっ、どうしたの!?
「最っ低」

栗原くんを強くにらんで舞香ちゃんはそう吐き捨てると、教室を出ていってしまった。
　先生は本に夢中で、気づいていない。
　舞香ちゃんのこと、また怒らせちゃった……！
「舞香ちゃ……」
　思わず追いかけようと、立ち上がった私の手をつかむ栗原くん。
　私は困った表情で栗原くんを見下ろした。
「く、栗原くん……。舞香ちゃんと、仲よくしてほしいな」
「……ん〜。仲よくしたくても、舞香ちゃんが俺に敵意むきだしだからねえ」
　苦笑して肩をすくめる栗原くんは、私に座るよううながした。
　おずおずと座り直してから、私は少し迷いながら口を開く。
「あ、あのね……気になってたんだけど」
「ん？」
「ちがったら、本当にごめんね。……栗原くんは、舞香ちゃんのこと怒らせようとしてるの……？」
　勇気を振りしぼって、尋ねてみる。
　栗原くんにそんなつもりがなかったら、とっても失礼だ。
　でも、そう見えちゃって……。
　栗原くんはちょっとだけ驚いたような表情を見せたあと、やっぱり笑った。
「わかっちゃった？」

「ど、どうして、そんなこと……？」
　思いすごしじゃ、なかったんだ。
　栗原くんはわざと、舞香ちゃんのことを怒らせていたんだ。
　どうして、そんなことするの？
　悲しい気持ちで栗原くんを見ていると、栗原くんが私の頬に手を添えた。
「だって、ほら。舞香ちゃんがそばで警戒してると、心愛ちゃんに近づけないじゃん」
「ち、近づきたい……の？」
「当たり前でしょ？　俺、心愛ちゃんのこと好きなんだから」
　ささやくように、耳元で小さく話す栗原くん。
　耳元にかかる息がくすぐったくて、ビクッと体が強張った。
「栗原くんっ……こ、こんなに近いと、困るよ……」
「怖がらないで？　ってゆーか、そういう顔されるともっと困らせたくなるな」
　優しい笑顔と言ってる内容がすごく矛盾してるよ、栗原くんっ……。
　どうしようと困り果てていると、タイミングよく授業が終了する鐘が鳴った。
　──そのとき。
　頬に、ちゅっと柔らかいものがふれた。
「……へ？」
「心愛ちゃんがあんまりかわいいからキスしちゃった。唇

にじゃないだけよかったね」
　いたずらっ子のようにぺろりと舌を出して笑う栗原くんに、数秒間フリーズする私。
　き……き、す？
　キスって……その……夫婦とか恋人がする!?
「……ええぇっ!?」
　かあぁっ！と一瞬で真っ赤になる私の顔。
　そんな私を見て、栗原くんはおかしそうに笑っていた。

「凪くんっ、凪くん!!」
　放課後。
　ホームルームのあと、誰より早く教室から飛び出してきた私。
　凪くんの教室へ向かうまでの階段で、こちらに来る凪くんを見つけた私は、思わず大きな声で名前を呼んだ。
　駆け寄ってくる私に、凪くんは驚いた顔を見せて踊り場で立ち止まった。
「なに？　どうしたんだよ、心愛」
「凪くんっ……！」
　階段を下りきった私は、そのままぎゅうっと凪くんに抱きついた。
「こっ、心愛!?」
　あせった声が聞こえて、私は目に涙をためて凪くんを見上げる。
「ふえっ……凪くんっ……」

「……心愛？　どうした？」

手が小さく震える。

異変に気づいた凪くんが、心配そうな表情で私の顔をのぞき込んだ。

そっと優しく、私の頭をなでてくれる。

「……とりあえず、ここじゃ人に見られるし、移動しようぜ」

まわりの目を配慮してくれた凪くんが、近くの空き教室に連れていってくれた。

ガラ、とドアを閉めた凪くんが「で？」と私を振り返る。

「なにがあったか言ってみろよ。……もしかして栗原？」

「……う、うん……」

どうしてわかったんだろう。

凪くんだから、わかったのかな。

そばに来た凪くんは、少し悔やんだような表情で、私を見つめた。

「栗原になにされたの？」

「っ……頬にキス、されて……びっくりしちゃって」

だって、キスって、夫婦か恋人だけがすることのはずなのに。

に、日本では。

だからびっくりしたし、ショックも大きかった。

ただのクラスメイトなのに、どうして栗原くんは私にあんなこと……っ。

「……心愛。こっち、来て？」

また涙が浮かんできそうになったとき、凪くんが小さな

声で私を呼んだ。
　素直に凪くんと距離をつめると、凪くんは腕をのばしてそっと私を抱きしめた。
　だけど、前みたいに心臓がさわがしくなるような抱擁じゃなくて、まるで安心させるような優しい抱きしめ方だった。
　私はなんだかほっとして、凪くんのブレザーをきゅっとつかむ。
「……やっぱりあのとき、栗原のこと何発か殴っとけばよかった」
　怒りを強く押し殺しているみたいな、低く静かな声でつぶやく凪くん。
「そ、それはだめだよっ……」
「なんでだよ。心愛を泣かせるとか許せねえし。おまえも栗原に近づいちゃだめだって言った意味、わかっただろ？」
　凪くんにさとすような口調で言われて、私は小さく「う、うん……」と返事する。
「あいつのこと、苦手になった？」
「ち……ちょっとだけ、苦手」
「そっか。なら……まあ、少しはよかったのかも」
　その言葉の意味がわからなくて、私はきょとんとして凪くんを見上げた。
　だけど、思ったよりも近くにあった凪くんの顔に……心臓が大きく音を立てた。
　わわっ……！

「……心愛？」
「な、なんでもないよっ」
　不思議そうな凪くんの声に、私は慌てて首を振った。
「まあいいけど。で、あいつにどこキスされたの？」
「え、えっと……ここかな」
　栗原くんにキスされたところを触ると、その手をぎゅっと包み込むようにつかまれた。
　不思議に思ってまた顔を上げたとき、ふわりと優しく、頬に凪くんの唇がふれた。
　えっ……？
「な、凪くっ……」
「こういうことしたら、俺のことも苦手になる？」
　少しだけ私から顔を離した凪くんが、上目づかいで私を見る。
　それがなんだかかわいくて、また鼓動が高鳴った。
　私は思わず、ぶんぶんと首を振った。
「な、ならない……と思うっ」
「ほんとに？」
「うんっ。だって、凪くんだし……」
　幼い頃からずーっといっしょにいた凪くんだから。
　心から信頼しているから、きっと凪くんを苦手だと思うことはないよ。
「そっか」
　うれしそうな笑顔を浮かべる凪くん。
　こんな無邪気な表情を見られるのはめったになくて、鼓

動が速くなるのを感じた。
　どうしたんだろう、私。
　最近、凪くんにどきどきしてばかりだよ……。
「おまえ、ほんとかわいいな」
「えっ？　……ひゃあっ」
　なぜだか上機嫌な様子の凪くんに、今度はぺろりと頬をなめられて、心臓が大きくジャンプした。
　さらにちゅ、とキスをくり返してくるから、どんどん体が熱くなる。
「凪くん!?　な、なにしてるのっ!?」
「なにって、消毒。栗原のことはやっぱりムカつくし」
「えっ、消毒ってっ……」
　凪くんは優しい瞳で、私を見下ろした。
　抱きしめられたまま真正面から向かい合うと、やっぱりとっても近くて、顔に熱が集中していく。
「心愛……そうやって赤くなんなよ」
「え……？」
「俺以外の男の前では」
　そう小さくつぶやいた凪くんは、「帰るか」と言って、私の体を離した。
　それが名残り惜しく感じたのは、凪くんの腕の中がとっても安心するからだと思う。
　ただ、やっぱりどきどきや熱はすぐにはおさまってくれなくて、少し困った。
　本当に、どうしちゃったんだろう、私……。

第3章
さよなら幼なじみ

☆ ☆ ☆ ☆ ☆ ☆ ☆
幼なじみだから、そばにいる
近すぎたから、すれちがう。
☆ ☆ ☆ ☆ ☆ ☆ ☆

ヒーローな転校生

　すべてのテストを終えた直後。
　私は、3年生の先輩3人に呼び出された。
　ついていく途中で、凪くんに連絡し忘れていたことを思い出して、少し後悔中。
　話があるって言っていたけれど、どれくらい長いのかな。
　内容の見当もつかないからわからないよ。
　連絡だけさせてもらおうかなあ……。
　……あ、でもスマホ、教室に置いたままのかばんの中だ。
　持ってこなかったことを嘆いていると、体育館裏についたところで3人は私を振り返った。
　なんだか、とっても怖い顔で。
「……あんたさあ。ちょっと顔いいからって、調子のってんじゃないの？」
「えっ……？」
「坂野くんにまとわりついてると思えば、今度は栗原くんまで？　いい加減にしなよね」
「ふたりとも人気があるのわかってて、近づいてるんでしょ。性悪〜」
　私に向けられている言葉。
　それはわかっているのだけれど、ついクエスチョンマークが浮かぶ。

だって……まったく身に覚えがなくて。
　でも、先輩を怒らせるようなことをしてしまっていたということは、表情を見てすぐに理解した。
「ご、ごめんなさい……っ」
　胸の前できゅっと手を握って、私は震える声で先輩に謝った。
　怒らせてしまったことが悲しくて、涙目になる。
　すると、先輩３人は「うっ……」と１歩あとずさった。
　えっ……ど、どうして？
「か……かわいい子ぶって許してもらおうなんて、考えないでよ！」
「き、きかないんだから！」
「あんたなんか……っ」
　そのとき、どこに置いてあったのか、先輩のひとりが重そうなバケツをバッと両手にかかえた。
　私は驚いて「へ？」と声をもらす。
「わっ、悪く思わないでよね！　全部、あんたが悪いんだから！」
　バケツは放り投げられるように、私に向かって勢いよく振り上げられて。
　中には大量の水が入っていて、もちろんこの場に立ったままでいると、それを頭からかぶってしまう。
　だけど、いきなりのことで足が動かなかった私は、降りかかってくるであろう冷たさに、反射的にぎゅうっと目を閉じた。

──そのとき、強い力で肩をつかまれた。
　ぐいっと押しのけられて、足が動いた直後。
　バシャッ！と水が弾け飛ぶ音が、すぐそばから聞こえた。
　だけど……私は髪が少し濡れただけで、全身ずぶ濡れになることはなかった。
　全身ずぶ濡れになったのは……。
「っは……冷てっ」
「えっ……な、く、栗原くん!?」
　そう驚いた声をあげたのは、私ではなく先輩。
　私は驚きすぎて声も出せなかった。
　先輩3人は栗原くんを見て顔を蒼白にさせて、口をぱくぱくと動かしている。
　あ。
　その顔、金魚みたいでかわいいです。
　……じゃ、なかった！
「く、栗原くんっ！　大丈夫!?」
「だいじょーぶ。さすがに真冬だと心臓止まってたかもしれないけどね～」
　慌てる私に、栗原くんが軽くほほ笑む。
　その言葉は冗談なんだろうけど……そんな怖いこと言わないで！
　栗原くんが私をかばってくれたんだとわかったとたんに、申し訳なさにじわじわと涙があふれ出してきた。
　栗原くんは困ったように私に笑いかけると、硬直したままの3人を見た。

「夏でもないのに後輩と水遊びなんて、なかなかおもしろいことしますね」
「栗原、くんっ……」
「ごっ、ごめんなさい!」
「あたしたち、そんなつもりじゃなくて!」
　震えながら、先輩3人が栗原くんに口ぐちに話し出す。
　それを眺める栗原くんの表情は、笑顔なのにどこか冷たげな印象で。
　とうとう先輩のひとりが泣きだしてしまったところで、栗原くんは「とりあえず、」とつぶやいた。
　ビクッ、と大きく肩をはねさせる3人。
「俺じゃなくて、心愛ちゃんに謝っていただけますか?」
　頬に張りついた金色の髪をよけながら、「ね」と小首をかしげる栗原くん。
　3人はそのとたん、いっせいに私に謝罪をしてきた。
　ええっ……。
　どうして、私が謝られる側なの……?
　悪いことをして、先輩を怒らせてしまったのは私のはずなのに……。
　必死そうなその表情が、なんだかかわいそうに思えてきてしまう。
「こんなことしてる暇があるんなら、家に帰って受験勉強したほうがいいですよ」
　にっこりと笑う栗原くんがそう言うと、先輩たちはもう一度謝って走りさってしまった。

それを見送ったあと、栗原くんは髪をかき上げながら、ため息をつく。
「困った先輩たちだね。……って、心愛ちゃん、そんな泣かないで」
　涙を流す私に視線を移した栗原くんが、肩をすくめて私の頬に手を伸ばした。
　だけど、「濡れてるからだめだね」とすぐにその手を引っ込める。
　私は涙をぬぐって、栗原くんを見上げた。
「ごめんね、栗原くんっ……。私のせいで……」
「なんで心愛ちゃんのせいなの。むしろ俺のせいじゃん？」
　ぶんぶんと首を振った私は、ポケットからハンカチを出して栗原くんの頬の水滴をぬぐった。
　どうしようっ……。
　このままじゃ、風邪ひいちゃうよ……。
「心愛ちゃんも髪濡れちゃってるね。かばいきれなくてごめん」
「ううんっ。こんなの、たいしたことないよっ！　それより、保健室にタオルもらいに行こ？」
　制服の替えとかは、置いてないかな。
　今日はテストだったから、栗原くんもジャージなんて持ってきていないはず。
　ハンカチだけじゃあんまり意味がないし、このままじゃ絶対寒い……。
　そう言おうとして、栗原くんの顔を見た。

「……栗原くん？」
　ぴたりと、手が止まった。
　栗原くんが悲哀をふくんだようなほほ笑みで、私を見つめていたから。
　おだやかだけど、まるで涙を流しているような。
　見ている私まで、胸がひどくしめつけられるような悲しい表情。
　それを目にした一瞬、ときが止まった気がした。
「栗原くん？　どうし……」
「心愛ちゃんってさ。坂野くんのこと、どう思ってんの？」
　思わず栗原くんの頬に手をふれさせたら、不意に栗原くんは目を閉じて静かに問いかけてきた。
　この間、レミちゃんにも尋ねられたことだ。
「凪くんは……幼なじみだよ？」
「うん、幼なじみだよね。それ以下でも、それ以上でもないでしょ」
「うん……？」
　よく、意味がわからないけど……。
　でも、まちがってはいないよね。
　凪くんの存在は幼なじみより下じゃないし、幼なじみより上じゃない。
「じゃあ、坂野くんのいいところ、５つ言ってみてよ」
「凪くんのいいところ？　うーんと……」
　不思議に思いつつも、私は凪くんの顔を思い浮かべて考えてみた。

「ええと、かっこよくて、たまにかわいいところと……。頭がよくて、スポーツも万能なところ。ヒーローみたいにいつも私のことを助けてくれるところ……」
　指折り数えながら、すらすらと答えていく私は、自然と笑顔になっていた。
「あと……王子さまみたいに、とーっても優しいところかなあ」
　私の答えを聞いた栗原くんは、苦笑とも取れる笑みをこぼした。
「俺、５つって言ったのに」
「えっ、あっ。だ、だって凪くんのいいところはたくさんあるから……」
　こんな私でも愛想をつかさずそばにいてくれる、心の広いところも言えばよかった！
　そんなことを考えながら、私は「なんでそんなこと聞くの？」と栗原くんに聞いた。
　栗原くんはそれに、なんだかはぐらかすように、小さく笑ってみせる。
　だけど、さっきみたいな悲しい表情は消えていたから、私は心のすみでほっと安堵した。
「興味本位かな～」
「そっか。……って、のんきに話してる場合じゃないよ！栗原くん、風邪ひいちゃうからっ……」
「心愛！」
　保健室に行こうと栗原くんの腕を引こうとしたとき、う

しろのほうから凪くんの声が聞こえた。
　振り向くと、凪くんと舞香ちゃんが、こちらに向かってきているのが見えて。
　あ、連絡してないんだった！
「なにやってんだよ、おまえ！」
「ご、ごめんね！　メッセージ残しておけばよかっ……」
　言い終わらないうちに、凪くんにぐっと引き寄せられた。
　驚いて凪くんを見上げると、凪くんは栗原くんを強くにらんでいて。
　栗原くんは、「お〜。みなさんおそろいで」とのんびり言って笑った。
「王子さまのくせに遅いお出ましだね。ね、心愛ちゃん」
「ふざけんな！　てめー、心愛になにもしてねえだろうな！」
「俺はなにもしてないよ。俺はね」
　栗原くんの意味深なセリフに、凪くんが「……は？」と不可解そうな声をもらした。
　そのあと、栗原くんの全身と、私の髪が濡れていることに気づいて、不思議そうな表情を浮かべる。
「凪くん。あのね、栗原くんは私のこと、助けてくれたんだよ」
「はっ……？」
　意味がわからない、と言いたげな視線を向けられる。
　栗原くんは凪くんのその様子におかしそうに笑って、私たちに背を向けた。

だけど直後に、「あ」となにかを思い出したようで、私を振り返る。
「心愛ちゃん。今回は、そこの王子さまより、俺のがヒーローだったでしょ？」
　にっこりと笑顔を見せてそう言うと、栗原くんは体育館裏をあとにした。
　そのあと、私はいつの間にか仲よくなっていたらしい凪くんと舞香ちゃんに、さっき起こったことについて気がすむまで質問攻めにされてしまった。

笑顔の裏に過去

　週明け。
　真っ白な雲がただよう青空の下、屋上で寝転んでいる栗原くんが視界に入った。
「見つけた！　栗原くんっ」
　私の声に気づいた栗原くんは、ゆっくりと起き上がる。
　そして私を見ると、首をかしげた。
「あれ。いま、授業中じゃなかったっけ？」
「それは私のセリフだよ！」
　笑いながら返して、私は栗原くんのそばに歩みよった。
「授業が始まっても、栗原くんが教室に帰ってこなかったから。先生に体調不良だって言って、栗原くんのこと探してたんだよ！」
　うそをついて授業をサボるのは初めてで、ちょっぴりどきどきしちゃったけど。
　先生に対しては罪悪感があるけど、栗原くんにどうしてもお礼を言いたかったから。
「あのね。これ、あのときのお詫びっていうか……」
　私はそう言って、栗原くんに水色の袋とリボンでラッピングしたクッキーを渡した。
　受け取ってくれた栗原くんは、目をまるくする。
　女の子に人気だし、こういうものはよくもらってるんだろうなと思っていたから、ちょっと意外な反応だった。

「昨日作ったの。凪くんにも味見してもらったから、きっとおいしくできてると思うっ」
「え。坂野くん、反対しなかった？」
「うん！　栗原くんが助けてくれたこと言ったら、クッキー渡すことにもなにも言わなかったよ」
　少しだけ、栗原くんのことを見直してくれたんだと思う。
　まだ警戒はしているみたいだけど。
　今朝も、凪くんにも舞香ちゃんにも栗原くんが近づいてきたら逃げろって忠告されちゃったし。
　あのふたりって、本当に似てるなあ。
　栗原くんは「ありがと」と笑ってリボンをほどくと、袋からクッキーを１枚取り出した。
　ここで食べてくれるみたい。
　授業に戻る様子はないから、私も栗原くんのとなりにちょこんと座らせてもらった。
　危険……かな？
　大丈夫、だよね？
「栗原くん。あれから風邪、ひかなかった？」
「ああ、大丈夫だよ。俺、そんなにヤワじゃないからね」
「そっかあ。よかった……。私、ちゃんとお礼言ってなかったでしょ？　あのとき、本当にありがとう」
　栗原くんがあのときかばってくれなかったら、きっと私、いまごろ風邪ひいてたよ。
　私が笑顔でお礼を言うと、栗原くんも笑ってくれると思ってた。

栗原くんって、いつも明るい笑顔の男の子っていうイメージが強いから。

だけど栗原くんが見せたのは、あの悲しい表情だった。

あれ……？

「心愛ちゃん」

ぱく、とクッキーを食べた栗原くんが、落ちついた声で私の名前を呼んだ。

「ああいうの。前からされてた？」

「ああいうの？」

「……女の先輩たちから呼び出されて、好き勝手に罵倒（ばとう）されるの」

栗原くんは今度ははっきりと、直接的な言葉で言い直した。

真剣な色をした彼の瞳に垣間（かいま）見えるのは、あのときも見た悲哀。

とっても栗原くんらしくない瞳だ。

どうしてそんな切ない顔で、私を見るんだろう。

出会ったばかりで、まだ知らないこともたくさんあるけど、いつもの栗原くんじゃないことくらいは、私だってわかるよ。

「2、3回あったかな……？ 水をかけられたのは、初めてだけど……」

私は少し悩んでから、そう答えた。

栗原くんがその答えを聞いて、目を細める。

同級生からされたことはないけれど、2年生や3年生の

先輩に呼び出されて、そういうことを言われたりはある。
　そのときには、決まって凪くんの名前が出てくるから、こんな私が凪くんのそばにいることをとがめているんだってことは理解していた。
「で、でも、それは私が悪いんだし……。自業自得だってわかってるから、平気だよ」
　なんだか元気のない様子の栗原くんを励ますみたいに、私は笑った。
　できるだけ明るく。
　ああやって呼び出されて、怖い表情で、傷つくような言葉を浴びせられたって。
　それでも、そばにいたいって思うから。
　私、そんなに弱くないんだよ。
　凪くんのそばにいるのが本当に悪いことなら、離れなくちゃいけないけれど。
　でも……だめじゃ、ないでしょう？
　それなら、たとえ白眼視されたって、大好きな凪くんのそばにいたい。
　仲よくしてくれる大切な友だちだっているし、私は幸せに毎日を送れてるもん。
　だから、大丈夫。
「そっか……。じゃあ、坂野くんは心愛ちゃんが呼び出されてることとか、いままで知らなかったの？」
「うん。凪くんはすっごく心配症だから、迷惑かけちゃうもん。今朝だって、私のこと、とっても心配してくれてた

し……」
　それはすごく、うれしかったけど。
　秘密にしていたから、バレちゃったのは少し悲しい。
　凪くんが、自分を責めたりしないかなあと思って……。
「……俺とは、ちがうね」
　ぽつりとつぶやいた栗原くんは、悲しげに笑って空をあおいだ。
「栗原くんとは……？」
「いや、ちょっとちがうね。心愛ちゃんは、俺の幼なじみとは違う」
「栗原くんにも、幼なじみがいるの？」
「いるよ。で、俺の初恋の女の子なの。ソラっていうんだけど」
　真っ青な空を見上げたまま、さみしそうに声を落とした栗原くんの言葉が、風に流されていく。
　けれどとなりに座っている私は、しっかりとそれを聞いていた。
「初恋の……」
「そ。でもね、ソラは俺のこと、幼なじみだとしか思ってなかった」
「え……」
「ほかの男のことが好きだったんだよ」
　それってつまり、栗原くんの片想いだった、ってことだよね……？
　恋とか、そういうものは私には無縁だから、なんだか聞

いていると不思議な気分になる。
　レミちゃんも恋バナが大好きだけど、私はあくまで話を聞いてるだけだったもんなあ。
　男の子の恋の話を聞くのは初めてだけれど、これは幸せな恋の話じゃないってわかる。
　栗原くんの顔が、そう物語っているから。
「俺とソラは、中学んとき、幼なじみとしていつも一緒にいたんだよ。まあ、お互いよき理解者だったからね。……そしたら、ソラにも心愛ちゃんみたいに呼び出されることが何度かあってさ……」
　クシャ、と自分の金髪を弱々しくつかむ栗原くん。
　それがなんだか、泣きそうな子供のしぐさに思えてしまって、小さく胸がしめつけられた。
「ソラは心愛ちゃんみたいに強くなかった。呼び出しだけじゃなくて、日常的にいやがらせとかもあったみたいで。俺はそれにすぐに気づけなかったんだけど……」
　栗原くんの声や言葉のはしばしに、ゆっくりと後悔がにじみ出る。
「それを知った日に……ソラに言ったんだよ、俺。俺が守ってやるから、ちがう男なんかやめて俺にしとけって」
　栗原くんは、吐息のような乾いた笑いをもらした。
　空を映していた瞳が、私を見る。
　その瞳はいまもやっぱり、悲しそうで。
「ソラも精神的に危なかったし、俺が守るしかないって思って。それで、付き合うことになったんだけど」

「……」
「そしたら……ソラへのいやがらせが、一気にエスカレートした」
　栗原くんの表情が、一気に曇る。
　なんだか、栗原くんじゃない人みたい。
　私の知っている栗原くんは……いつも笑っている男の子なのに。
「すげーばかだよね、俺。ヒーロー気取って、悪化させてんだよ。どうにかして止めようとはしたんだけど、結局、俺は大事な幼なじみを救えなかった」
　自分をあざけるような口調だったけれど、その声は小さく震えているように聞こえた。
　すごく、悔やんでるんだってわかった。
　それと同時に、どれだけソラさんのことを大切に想っていたのかも。
「けど、そのあと、ソラへのいじめはやんだ。皮肉なことに、止めてくれたやつはソラの好きな男でさ。そのときの生徒会長だった男なんだけど、それをきっかけにふたりは付き合い始めたんだよ。めでたし、めでたし」
　妙に明るく、そして早口で諦めた栗原くんは、笑いながらすっと立ち上がった。
「お姫さまを救ったのは、いちばんそばでお姫さまを想っていた幼なじみじゃなくて、お姫さまが想っていた王子さまでした〜。っていうお話。ど？　おもしろかった？」
　私を見て、にこにこと笑ってみせる栗原くん。

そして持っていた袋からまたクッキーを1枚取り出して、口の中に放り込む。
「これ、すげーうまいね。わざわざ作ってくれてありがとね、心愛ちゃん」
「栗原くん……」
「あ、同情とかいいよ？　俺も強くない男だったし、ソラからしたら、役に立たない最悪な幼なじみだよね。ま、ソラはいまもそいつと仲よくやってると思うし。もう心配もないだろうから、安心してるんだけどさ」
　なんて声をかければいいのか、わからない。
　下手なことを言って傷つけてしまうくらいなら、なにも言うべきでないのかもしれない。
　だけど、つらいのに無理して笑う栗原くんは、見たくないよ……。
「わ……笑わなくていいよ、栗原くん」
「ん？」
「泣きそうな顔で、笑ってほしくない……」
　同じ経験をしていない私には、栗原くんの気持ちはしっかりとはわからないけれど。
　でも、つらいっていうのはすごくわかるよ。
「ここには私しかいないし、泣いても……大丈夫だよ？」
　おずおずとそれを伝えると、栗原くんは「心愛ちゃんは優しいねえ」とほほ笑んだ。
「でも大丈夫。女の子の前で泣くとか、かっこわりーじゃん？　それに俺、笑ってないと落ちつかないんだよね～」

「え……?」
「俺は笑ってないと死んじゃうやつなの」
　そう冗談めかして言った栗原くんに、きょとんとしてしまう。
　だけど、すぐに私も笑った。
　栗原くんらしいな、と思った。
　栗原くんには、ずっと笑っててほしいなあ。
「まあ、心愛ちゃんがなぐさめてくれるって言うなら、遠慮なく抱きしめさせてもらおっかな～」
「ええっ!」
「あ、冗談だって。なんで逃げるの」
「ご、ごめんなさい。凪くんと舞香ちゃんに、栗原くんが近づいてきたら逃げろって言われて」
　じ、冗談だったんだ。
　よかったあ……。
　ほっと安心した私に、栗原くんは「めちゃくちゃ猛獣扱いじゃん」と苦笑した。
「……ああ、そうだ。心愛ちゃん。いいこと教えてあげよっか」
「へ?　なあに?」
　ちょいちょいと栗原くんに手招きされて、私はそばに歩みよる。
　すると、こそっと耳打ちされた。
「キミの幼なじみの坂野くんにもね、"好きな女の子"がいるんだよ」

「え……？」
「きっとその子が坂野くんにとっての初恋の相手なんだろうねえ。ずーっと何年も片想いしてるんだと思うよ」
　栗原くんは人差し指を口元に当てて、「本人に聞いちゃだめだよ」と笑う。
　私はそれにうなずくこともできず、ただ、ぽかんと放心した。
　だって……。
　あの凪くんにも、好きな女の子が……？
　そんなことを考えたこともなかった私は、驚きを隠すことができなかった。

よそよそしい態度

【凪side】
　1限目の授業が終わってから、俺は心愛のクラスに向かった。
「え？　心愛、いねえの？」
「1限目サボって、栗原のこと探しに行ったきりよ。たぶんいっしょにいるんだろうけど」
　呼び出した舞香が、教室の入り口でイライラしたように教えてくれた。
　心愛を心配してるのがわかる。
　クッキーを渡すことに反対はしなかったけれど、俺だってもちろんおもしろくない。
　一応なにかされそうになったら逃げろ、と念を押しておいたけど……。
　探しに行ったほうがいいかもしれない。
　栗原のことはまだ信用できねえし。
「心愛になにか用事だったの？」
「数学の教科書。昨日、心愛が俺のと間違えて持って帰ってみたいなんだよ」
　俺のかばんの中に入っていた心愛の教科書を見せると、舞香は驚いた表情を浮かべた。
「いっしょに勉強でもしてたの？」
「テストに出たとこの解説してやってた」

そのあとに、心愛は栗原に渡すクッキーを作ったわけだ。
　堂々と俺の目の前で。
　しかも試食させるし。
　心愛の作るものはうまいからいいんだけど、栗原のためっていうのが……。
　まあ、俺の気持ちを知らないんだから、仕方ないけど。
「あんたたちって、ほんと仲いいわよね」
「俺は幼なじみとしてあいつに接してるわけじゃねえけどな」
　ぶっきらぼうに返した俺に、眉を下げて少しだけ笑う舞香。
　あわれんでるみたいでいやだ。
　みたいじゃなくて、あわれんでるんだろうけど。
「心愛が相手だと苦労するでしょ」
「しないわけないじゃん」
「栗原も心愛のこと狙ってるみたいだから、急いだほうがいいんじゃないの」
　そんなことは、わかってる。
　急いだほうが……いいのかもしれないけど。
　言いよどんでいると、舞香は「ヘタレ」と遠慮のない言葉を投げつけてきた。
　事実だからこそ、むっとする。
「つかまえられないうちに、逃げられても知らないわよ」
　舞香はそう言い残すと、「じゃあね」と教室へと戻っていった。

逃げる？　心愛が？

それは……ないだろ。

そう心の中で言い切ってみたものの、そんなことはわからない。

思えば俺が心愛に気持ちを伝えないのは、あせっていないからかもしれない。

心愛に恋愛はまだ先だと思って、安心しているから。

このままずっと、あいつの"幼なじみ"のままでいるのはいやだと思ってる。

けど、この関係が心地いいのもたしかで。

結局、安定した道を選びつづけていれば……"幼なじみ"から抜け出すことなんてできない。

「だからって、言えねえし……」

ため息交じりにつぶやいて、なに気なく廊下を見ると。

心愛と栗原がその場で立ち止まった状態で、こちらを見ているのが視界に入ってきた。

……なんで立ち止まってんの？

いつもなら俺に気づいたら、すぐに声かけてくるくせに。

そばに栗原がいるからなのか、ちょっともやっとした気分になる。

栗原は心愛にひと言声をかけて、教室に入っていった。

「心愛」

心愛に歩み寄って名前を呼ぶと、戸惑ったように目をきょろきょろさせる心愛。

ん……？

なにその態度？
「心愛？　どうした？」
「えっ、いや……。凪くん、舞香ちゃんとお話してたなあ、と思って……」
　は？　してたけど……それがどうしたんだよ。
　心愛と栗原が体育館裏にいたあのときだって、舞香とふつうに会話してるの、見てたはずなのに。
「なに？　……もしかして嫉妬とか？」
　冗談っぽく笑って、心愛にそう尋ねてみた。
　自分の首しめるようなものか。
　心愛が嫉妬なんて、するわけないし……。
「ちっ、ちがうよ！　そんなんじゃ……ないもん！」
「……え。は？」
　え？
　……な、なに？
　今日の心愛、なんかヘンじゃね……？
　慌てた様子で教室に入ろうとする心愛の腕を、ぱしっとつかむ。
　予想外のリアクションで、ちょっとびっくりした。
　心愛なら、『へ？　どうして嫉妬なんてするの？』とか、そういう返しをしてくると思ってたのに。
　なんで全力否定？
　むしろその反応、あやしいだろ。
　あせった表情で俺を見上げる心愛を、俺はじっと見つめた。

「なあ。心愛、なんかあったの？ 今朝そんな感じじゃなかっただろ」
「な、なにもないよ！」
　だからなんで、そんなに慌ててんだよ。
　俺にそういう態度を取るってことは、絶対なんか隠してるだろ。
　幼なじみなめんな。
　何年いっしょにいると思ってんだよ。
　何年、俺がおまえのこと見てきたと……。
「な、凪くん。離して……？」
　涙目で上目遣いに俺を見る心愛。
　その反応を見て、思わず離してしまいそうになるけど、俺は「やだ」と首を振った。
「隠すな。なにがあったのか言えよ」
「っ、なにも、ないってば……」
　心愛はうそが下手だ。
　視線が泳いでるし、声に自信がなさすぎて。
　どうせいっしょに帰るんだし、いまはもう時間ないから……そのときに話してもらうか。
「じゃあ、帰りに話して」
「えっ……」
　心愛の腕をつかんでいた手を離すと、ほっとしたような、戸惑ったような表情を向けられる。
　……モヤモヤするな。
　今朝いっしょに登校したときは普段と変わりなかったか

ら、きっとそのあとでなにかあったんだろう。
　すぐに頭に浮かんできたのは、栗原の顔。
　あいつのしわざかもしれない。
　やっぱりあんなやつに、容易に心愛を近づかせるべきじゃなかったかも……。
「じゃあな」
　心愛と教科書を交換して、俺はいろいろと考えながら教室に戻った。
『つかまえられないうちに、逃げられても知らないわよ』
　このときは、まさかそれが現実になるなんて、思ってもみなかったけれど。

　放課後。
　複雑な表情で、おどおどと教室から出てきた心愛。
　いつも笑顔で駆け寄ってくるくせに……。
　教室にいる栗原はこっちを見て、なんかにやにやしてるし、ムカつく。
「心愛、俺になに隠してんの？」
「かっ、隠してなんか……ないよ？」
　隠してないじゃなくて、隠せてない、だろ。
　俺をあざむけるわけないって、それくらいわかってるはずなのに。
　ここまでかたくなに俺に言いたくないことって、なんだ……？
「……心愛、」

「あっ。いたいた、凪くん！」
　ちっ。
　こんなときに、タイミング悪すぎ。
　思わず心の中で舌打ちした俺は、こちらに向かってくる人物に顔を上げた。
「サト先輩……」
「もう、探したじゃない。偶然、林くんに会えてよかったわ」
　なんで俺を探してたんですか？
　そうたずねようとして、はっと思い当たる。
　そういえば……俺、テスト前にサト先輩から誘われてたんだっけ。
　面倒くさくて保留にしてたけど、心愛といるこのタイミングで来られると困る……。
　ちらりととなりを見やると、心愛はサト先輩をじっと見ていた。
　なぜだかちょっとだけ、驚いたような表情で。
「……やっぱり、幼なじみの子のところにいたのね。いつもいっしょに帰ってるんでしょ？」
　サト先輩は心愛を一瞥すると、表情をかたくして冷たく声を落とした。
　気に入らないのか知らないけど、そういう顔をされると、こっちもムッとする。
　心愛の前で態度に出さないでほしい。
「そうです。だから用があるなら、明日にしてもらえませんか？」

「ねえ。今日くらい、私と帰ってくれてもいいんじゃない？ ほら、デートの話もしたいしね」

　俺の言葉なんて、まるで耳に入っていない。

　サト先輩は、柔らかい笑みを俺に向けてきた。

　デート。

　わざと口に出されたであろうその単語に、いちばん反応したのは、となりにいる心愛だった。

　……最悪。

　俺が好きな女が、心愛だって知ってて。

　軽くサト先輩をにらんでみるけど、サト先輩はほほ笑みながら、さりげなく心愛に視線を寄せていた。

「凪くんとサト先輩……デートするんですか……？」

　心なしか、少し震えた心愛の声。

　いや、俺の思い違いなんだろうけど。

　だって心愛は、まだ俺のことなんて、恋愛対象に入れていないはずだから。

　けど、その誤解はといておきたい。

「心愛。俺は別にデートなんて……」

「そうよ。テストの前から約束してたの。だから今日は、私が凪くんと帰ってもいいでしょう？」

　俺の声を強引にさえぎったサト先輩は、心愛にわざとらしく満面の笑みを向けた。

　心愛はそれに、目を見開いてみせる。

　さっきと同じ……なにか思い当たったような、そんな表情だ。

そしてゆっくりと、俺を見上げた。
「そっか……。サト先輩だったんだね」
　確信した声でつぶやくと、心愛は小さくほほ笑んだ。
　それがどこか悲しそうな笑顔に映って、俺は眉をひそめる。
　心愛……？
　そう名前を呼ぼうとした瞬間、心愛は一歩あとずさり。
「私っ……先に帰ってるね！」
　そう声を上げるや否や、こちらに背を向けて、廊下を走っていった。
　まるで……俺から、逃げるみたいに。

　それから、1週間。
　心愛は、俺を避けるようになった。

苦いファーストキス

「ずっと前から佐伯さんのことが好きでした！　つ、付き合ってください！」

　しんと静まり返った教室。

　となりのクラスの男の子が、真っ赤な顔で私に向かってそう叫んだ。

　私はそれに、小さく頭を下げて、「ごめんなさい……」と謝る。

「私、レミちゃんと舞香ちゃんと約束してて……今日は予定があいてないんです」

「えっ？」

　男の子が目を見開いたとき、ブレザーのポケットの中でスマホが通知音を鳴らした。

　あ。

　舞香ちゃん、委員会終わったみたいっ。

　通知をタップして届いたメッセージを開いてみると、【早く断って下りてきなさい。レミと靴箱で待ってるから】と書いてあった。

　待たせてるから、急がなくちゃ……。

　優しいふたりが、気晴らしにって誘ってくれたんだもん。

「ごめんなさい。私、もう行かなくちゃいけなくて……」

「そっ、か……。わざわざ時間作ってくれて、ありがとう」

　少しショックを受けたように笑った男の子に、もう一度

頭を下げる。
　別の日に誘ってくれたら、私も彼に付き合えるんだけどなあ。
　どこに行きたかったんだろう？
　そう思いながらも、私はかばんを肩にかけ、教室をあとにした。
　ひとりで靴箱に向かっていると、どうしてか、最近あまり関わっていない凪くんのことを、無意識に考えてしまう。
『キミの幼なじみの坂野くんにもね、好きな女の子がいるんだよ』
『きっとその子が坂野くんにとっての初恋なんだろうねえ。ずっと何年も片想いしてるんだと思うよ』
　屋上で、栗原くんが耳打ちして教えてくれた言葉。
　私が恋をすることなんて、考えること自体したことがなかった。
　それと同じように、凪くんが恋をすることも、一度だって考えたことがなかった。
　ずっとずっと、私は幼なじみとして凪くんのそばにいるんだって思っていたんだ。
　そんなの、いま考えてみればありえないことなのに。
「凪くんに、好きな女の子がいたなんて……」
　信じられないというか、とっても現実味がなくて……。
　幼なじみという意味で特別な存在である私よりも、もっと、凪くんにとって大切で特別な存在がいるんだ……。
　そう思ったら、とっても悲しい気持ちになった。

あの日、栗原くんといっしょに屋上から帰ると、凪くんが舞香ちゃんと話をしていて。
　なんだか心をぐっとつかまれるみたいな、ヘンな痛みを感じた。
　凪くんの好きな女の子は、舞香ちゃんなのかなって考えたら……いやだ、って思っちゃったんだ。
　それが嫉妬だって気づいたのは、凪くんの言葉を聞いてからだったのだけれど。
　舞香ちゃんは私の大切な友だちなのに、そんなこと考えちゃうなんて……私って、ひどい。
　でも……。
　凪くんの好きな女の子は、サト先輩だったんだよね。
「デートの約束してたってことは……もう、ふたりは恋人なのかな……」
　階段から見える、朱と青が入り交じった空。
　それを見上げながら、小さくつぶやいた。
　このあいだ、凪くんはサト先輩のことを嫌いだって言っていたのに。
　あれはうそだったのかな。
　栗原くんが、凪くんは何年も片想いしてるって教えてくれたし……。
　サト先輩のことを嫌いでいてほしかったんじゃなくて、うそをつかれたということが、とっても悲しい。
「さみしいよ……」
　弱々しい私の声が、冷たい空気にとけていく。

凪くんを避けているのは私だ。
どう接すればいいのか、わからなくて。
ついこの間まで当たり前だったことなのに、突然、わからなくなっちゃったんだ。
それに、サト先輩のことを考えたら、ただの幼なじみの私なんかが、凪くんのそばにいちゃだめなのかなって思って……。
——だけど……。
「ふえっ……」
悲しくて、さみしくて。
気づけば私は立ち止まって、ぽろぽろと涙をこぼしていた。
凪くんのそばに、いたいのに。
凪くんがいないと、いやなのに……。
近くに、いてほしいよ……。
いちばん近くにいてほしい。
いままでそうだったように、これからも。
そう思っちゃいけないってわかっているのに、だめだって抑えようとすればするほど、その気持ちは強くなるばかりで。
「うう……凪くん……っ」
そばにいることが当たり前だったからこそ、離れるととってもつらい。
凪くんにはサト先輩がいるのに、それでも私のそばにいて、なんて。

言いたい。

　でも言えない。

　言っちゃだめだから、私は凪くんから離れるしかないんだ……。

「行かなくちゃ……」

　ブレザーのそでで涙をぬぐってから、再び足を動かす。

　気持ちが重いよ。

　だからこそ、レミちゃんと舞香ちゃんは遊びに行くことを提案してくれたんだけど……。

　ちゃんと、笑えるかな……？

　沈んだ心を抱えながら、階段を駆け下りようとしたとき。

　私の足はまた、ぴたりと止まった。

「凪、くん……」

　思わず口からこぼれた名前。

　踊り場まで上がってきていた凪くんは、私の声に気づいて、こちらを見上げた。

　視線がぶつかる。

　目を合わせるのが、ずいぶん久しぶりに感じられる。

　まだ、１週間ほどしかたっていないのに。

　私は凪くんからぱっと目をそらして、その横を通りすぎようとした。

　けれど。

「待てよ、心愛」

　ぐっと、強く手をつかまれる。

　その瞬間、緊張するように心臓がびくりと強張った。

やだ……。
　引きとめないでほしいよ。
　引いたはずの涙が、またじわりと込み上げてくる。
「なんで俺のこと避けんの？」
　おかしいな……。
　凪くんのことなら、なんでもわかるはずだったのに。
　その声を聞いても、凪くんの感情をうまく読み取ることができないよ。
　悲しんでいるようにも、怒っているようにも、なにも感じていないようにも聞こえる。
　ただわかるのは、いつも私にかけてくれた優しい声じゃないってこと……。
「さ……避けてなんか、ないよ」
　うそ。
「避けてんじゃん」
「……メッセージだって、ちゃんと、返してるもん」
「いつもより文面がそっけないって、俺が気づかないと思ってんの？」
　思ってないよ。
　凪くんなら、私のこと、なんでもわかってるもん。
　ずっといっしょにいた、幼なじみだから。
　だけどもう、終わらなくちゃ。
　凪くんには好きな女の子がいるんだから、幼なじみの私とはさよならしなくちゃいけないんだよ……。
　凪くんだって私よりサト先輩のそばにいたいに決まって

るし、サト先輩だって凪くんのそばに私がいると、きっといやな気分になっちゃうでしょ……？
　そう言おうとしたけど、口に出したら悲しくて泣いちゃいそうだから、口をつぐむ。
　そんな私を見て、凪くんはため息をついた。
「……電話は出ねえし、急に登下校別々にしようとか言うし。なんでいきなり？　言っとくけど、サト先輩とデートっていうのは……」
「も、もう……っ、終わりにしようってことだよ！」
　凪くんの口から、サト先輩の名前を聞きたくなかった。
　どうしてだかわからないけれど、心がひどく痛くなるの。
　泣きそうなのをこらえて、私は強く叫んだ。
　凪くんの表情を見るのが怖くて、うつむいたまま。
「は……？　終わりにしようって、なにを」
「だって、私たち、幼なじみだからいままでずっといっしょにいたでしょ……？」
　当たり前みたいに、私たちはずーっといっしょにいた。
　幼なじみだから。
　それだけだっていう事実にずきんと傷ついたのは、初めてだ。
「そう思ってるのは、心愛だけ……」
「だ……だから！　いっしょにいるの、もう終わりにしたいの！」
　終わりになんて、したくないよ。
　本当はずっと、そばにいたいよ。

凪くんのそばに、いたい。
すごくすごく、そう思うのに。
「……なにそれ。終わりにしたいってどういう意味だよ」
さっきよりも低くなった凪くんの声。
怒ってるの？
どうして凪くんが、怒るの？
サト先輩が凪くんのそばにいるのなら、私は近づいちゃいけないでしょ？
「幼なじみだからって、いっしょにいる義務ないもんっ。もう、いっしょにいるのやだよ……！」
気づけば、心にもない言葉が口から飛び出していた。
本心と、まるで正反対だ。
伝えたいことを上手に伝えられなくて、伝えちゃだめで、悲しい。
でも我慢しなくちゃ。
だって私の気持ちを言っても、意味がない。
これ以上、私が凪くんのそばにいたら、凪くんに迷惑がかかっちゃうから……。
とってもつらいことだけど、凪くんのそばにいたくないんだって。
そう、うそついていたほうがいいのかもしれない。
そしたら凪くんも、私のことはもう気にせずに、サト先輩といられるはずだ。
大好きな幼なじみの恋だもん。
私だって、応援したいよ。

だから、もう……。
　私のことは放っておいていいよ、凪くんっ……。
「いままで……そんなふうに考えてたわけ？」
「……」
「答えろよ、心愛」
　降りかかる冷たい雨みたいな凪くんの声。
　怖くて、悲しくて、体が委縮する。
　凪くんが私の名前を呼ぶの、とっても好きだったはずなのに。
　こんなに冷たく、"心愛"って言われたくない。
　ちがうよ。って。
　素直にそばにいたいって、伝えられたらいいのに。
　ぐっと唇を噛んで、つかまれている手が震えてしまわないように、精一杯こらえた。
　そしてそっと、口を開く。
　出てくるのはもちろん、真っ赤なうそだ。
「そう、だよ……」
　――ちがうよ。
「もう、私、凪くんといっしょにいたくないから……」
　――気づいてよ。
「だからもう……話しかけて、こないで」
　私のことなんでもわかってるなら、気づいて……。
　心の中で何度気持ちを伝えても、凪くんに届くはずなんてないのに。
　うそをつきながらそう強く願っている私は、すごくわが

ままだ。
「……ふざけんな」
　凪くんは低い声を落として、私の手をつかむ力を強める。
「いつも俺のまわりうろちょろしてたくせに、なにが話しかけてこないでだよ。ムカつく」
「……っ」
「そんなに俺のそばにいるの、いやだったのかよ」
　いやじゃないよ……。
　むしろ、凪くんといっしょにいたいって思ってるのに。
　わがままだってわかってても、そばにいたいって願っちゃうのに。
　全部うそなんだよ、凪くん……。
　気づいてほしい。気づかないでほしい。
　わかってくれない。わからなくていい。
　矛盾した気持ちがせめぎあう。
　これ以上、凪くんの近くにいたら、涙を止められなくなっちゃいそうだよ……。
「は……離して！」
　できる限り強い声で叫んで、ばっと手を振り下ろした。
　凪くんの手から逃れた瞬間、安心感と大きな悲しみを覚える。
　わがままなこと、考えちゃだめだ。
　幼なじみにはもう、さよならしなくちゃ。
　凪くんだってそのほうがいいに決まってる。
「私たち、ただの、幼なじみだもん！　だからもうこれか

らは、私たち関わらないようにしよう……っ！」
　涙声を張りあげて、すぐにこの場から去ろうとした。
　だけど凪くんはそんな私の肩をつかんで、踊り場の壁にドンと押しつけると、息をつかせる間もなく唇を重ねてきた。
　突然目の前にきた凪くんの顔と、柔らかい唇の感触に、目を見開く。
　息が、できない。
　やだ……。どうして……っ？
　いまの状況についていけなくなって、頭が混乱する。
　目にたまっていた涙が、こぼれ落ちていった。
　ゆっくりと唇が離れると、喉が引きつって、短い呼吸音がもれた。
「なっ、ぎく……っ」
「マジで、っムカつく。……俺の気持ちも知らないで！」
　凪くんの、気持ち……？
　わかりたくても、わからないよ。
　凪くんがなにを考えているのか、いまの私には全然わからないよっ……。
「なんで、全然わかってくんねえんだよ！　どれだけ、俺が……！」
　悲痛な声でなにかを言いかけた凪くんは、ぐっと耐えるようなつらそうな表情を見せた。
　初めて見るような顔。
　どうしてそんな顔をするの？
　私、まちがってないよね？

離れたほうが、いいんでしょ——……？

「もう、いい……っ」
　凪くんは視線を下に向けてうつむくと、そっと私から離れた。
　脚に力が入らなくなった私は、その場に座り込んで、ただ呆然と凪くんを見上げる。
「凪……くん」
「ただの幼なじみだと思ってたのは……おまえだけなんだよっ……」
　どうしてそんなに、苦しげな声を出すの？
　そこまで、私を大切に思ってくれていたの？
　でも、凪くんは幼なじみより好きな女の子のほうが大切でしょ……？
　息が上がって、心臓が落ちつかない。
　キスされたせいだけど、それだけじゃない。
　いまだにとめどなく流れる涙の理由が、私にはわからないの……。
「……もう、おまえには話しかけねえよ」
「……」
「メッセも電話もしないし、……目も合わせない」
　私を静かに見下ろす凪くんは、固い声で言い放った。
「おまえの望みどおり……幼なじみ、終わらせてやるよ」
　これでもかというくらい、冷たく突き放して。
　凪くんは私を置いて、ひとりで階段を上っていった。

その瞬間、さらに涙があふれ出す。
頬をつたってこぼれて、ぽたぽたとスカートにいくつも染みを作っていった。
「ふぇぇ〜……っ」
　——凪くんに、嫌われちゃった。
こんなこと、誰も望んでないよ。
私が本当に強く願っていたのは、幼なじみの終わりじゃないよ。
だけど、私は器用じゃないから……こうするしか道はなかったのかもしれない。
もう、終わりなんだ。
もう話なんてできない。
もういっしょに登下校なんてできない。
もういっしょに勉強することも、作ったお菓子を食べてもらうこともできない。
王子さまみたいな優しい笑顔を向けてもらうことも、ヒーローみたいに助けてくれることも……。
もう……。
「うわあぁんっ……！」
悲しくて、つらくて、苦しくて。
いままででいちばん、心が痛かった。
私はその場に座り込んだまま、レミちゃんと舞香ちゃんが来てくれるまで、ずっと泣きつづけていた。

第4章
素直になりましょうよ

☆ ☆ ☆ ☆ ☆ ☆ ☆
幼なじみだからはもう終わり
素直な理由で、そばにいて。
☆ ☆ ☆ ☆ ☆ ☆ ☆

後悔あとをたたず

【凪side】

正直に言えば、心愛がうそをついていたことなんて、最初からわかってた。

当たり前だ。

誰よりも近くで、誰よりもずっとあいつのことを想っていた俺が、わからないわけがない。

それに心愛、うそつくの下手なんだし。

けど……。

かたくなに本音を隠そうとするあいつが、すっげームカついたから。

「はあ……」

さっき心愛に言われた言葉の数々を思い出しては、重く落ち込んでいる俺。

夕日の差し込む教室で、ため息をつきながら机に突っ伏した。

情けねえ……。

でも、けっこうなダメージを負った。

本心ではないとはいえ、好きな女に拒絶されて平静を保っていられるほど、俺に余裕なんてない。

「まあまあ。そう落胆すんなよ、坂野くん」

向かいに座っているやつが、俺の肩をぽんぽんと気安くたたいてくる。

ムカッと頭にきて、そいつの手を思いきり振り払った。
「うわっ！　こっわいなあ。なぐさめてやってんじゃん？」
「うっせーな！　もとはと言えばおまえのせいなんだよ!!」
　がばっと顔を上げた俺は、目の前の元凶を強くにらみつけた。
　前の席のイスをこちらに向けて座り、にこにこしている、栗原。
　相変わらず雰囲気がチャラい。
　マジで殴りたい。
　血を吐くまで殴ってやりたい。
「心愛ちゃん、てっきりもう帰ってると思ってたんだけどねえ。どっかで告白でもされてたのかな？」
「……そもそもおまえが今日、俺を呼び出してこなかったら、こんなことにならなかったはずなんだけど」
　ありったけの憎しみを込めてにらんでいると、栗原は「まいったね」と頭をかいた。
　１週間ほど前から、俺と心愛は別で登下校していた。
　そうしようっていうメッセージが、心愛から来てから。
　見かねた林に気分転換にと遊びに誘われたけど、気分がのらないからパスした。
　帰るためにひとりで正門を抜けたとき、どういうツテでか追加してきた栗原から、メッセージが来て。
　栗原が指定した、この教室に向かう途中に……心愛と鉢合わせしてしまったわけだ。
　つまり、こいつのせい！

「つーか、なんで俺がライバルのおまえに恋愛相談してんだよ！」
「ずっと想いつづけてた幼なじみに冷たくされれば、そりゃ傷つくよね〜」
「だから、おまえのせいだっつってんじゃん‼」
　後悔先にたたず。
　まさにその言葉のとおりだ。
　キスしたとき、あいつ泣いてた。
　……いや、その前から泣いていたはずだ。
　そういうのは、声ですぐにわかる。
　けど、心愛が素直に涙を見せていれば、俺だってあんな傷つけることを口走ったり……。
　そこまで考えて、またずーんと落ち込んだ。
　なに心愛のせいにしてんだよ俺。
　全部、自分のせいだろ。
　あいつがよろこぶ言葉も、悲しむ言葉も、素直になれる言葉だって、幼なじみの俺ならわかっていたはずなのに。
　なんで俺は泣いてる心愛をひとり置いて、こんなやつのとこに向かったんだ……。
「優先順位が違うだろ……」
　心愛とさらに距離ができてしまったのは、目の前のチャラ男のせいだ。
　もとはと言えば、心愛が俺を避けるようになったのも、目の前のチャラ男のせい。
　その張本人は俺の思いなんてつゆ知らず、机に置いてい

たポッキーを、楽しそうに食べている。
「おまえは女子か」
「ん？」
　……いや、そんなことはどうでもいい。
　俺が言いたいのは、そんなくだらないことじゃない。
「栗原、おまえ……。なんで俺に好きなやつがいるって、心愛に言ったんだよ……」
　栗原に全部、聞いた。
　心愛があの日、急に態度がおかしくなった理由。
「いやあ、よかれと思ってね」
　栗原はうしろの背もたれに背中を預けると、へらりと笑った。
　なに言ってんの、こいつ。
「はあ？」
「心愛ちゃんが俺にクッキー渡すこと、坂野くん、反対しなかったんでしょ？　よく我慢したよねえ」
「……」
「だからそのお礼に。まさかそのせいで悪いほうにコトが向かっちゃうなんて思わないじゃーん」
「ぶっつぶすぞ」
　自分は悪くないとでも言うかのように、あきれた笑いを見せてくる栗原。
　おまけに、ポッキーを１本取り出して、「いる？」って聞いてきた。
　もちろん即答で「いらねえ」って返したけど。

ポッキーは好きだけど、こいつから受け取る気には絶対ならない。
 はあ、とまたため息がこぼれる。
 これで何度目だ。
「どうせ言うなら、はっきり心愛のことだって言えよ。あいつにそんな遠まわしなこと言っても、伝わるわけねえんだから……」
「え？　俺の口から言ってほしかったの？」
 栗原が目をまるくさせたあと、眉根を寄せて身を乗り出してくる。
「それはだめでしょー、坂野くん。自分の気持ちはちゃんと自分の口から言わなくちゃさあ。俺はそのための手助けをしたつもりだったんだけど」
「思いきり逆効果だったけどな。……つーか、手助けってなんだよ。おまえだって心愛が好きなんだろ」
 ふつう、ライバルの手助けなんかしねえよ。
 こいつってウザいけど、案外お人好しなのかもしれない。
 栗原は「んー……」となにかを考えるようになったあと、眉をさげて笑った。
 ほんと、心愛の言ったとおり、栗原ってよく笑うやつ。
 初めて会ったときは、目が笑ってなかったけど。
 いまは、ちょっとちがうかもしれない。
「俺、いちばん初めに言ったでしょ？　なにもしないなら、俺がもらうって。坂野くんがそうやってずっとヘタレたままでいるつもりなら、俺も遠慮なく心愛ちゃんをもらって

あげるよ。いいの?」
「ふざけんなよ。いいわけねえから」
　いいわけがない。けど。
『もう話しかけない』
　なんてきっぱり言いきってしまったいまの状況で、どうしろって……。
　キスした後の、ひどく傷ついた心愛の顔が頭に浮かんできた。
　心愛は、絶対に勘違いしてる。
　俺がサト先輩と付き合ってるって。
　だから、俺と離れようとしたんだ。
　……でも、少し前。
　放課後、俺にサト先輩と付き合ってるのかと聞いてきた心愛は……あんなに笑顔だったのに。
「なあ、栗原。最近、心愛が元気ないって言ってたよな」
「うん。キミを呼び出した理由がそれだからね」
「……なんでだと思う?」
「は?」
　遠慮気味に尋ねると、栗原は笑顔を消して怪訝そうに聞き返してきた。
　そのあと、「おっと。思わず素が」なんて全然あせらずに言ってる。
「いやいや、坂野くん。当たり前にわかるでしょ」
「俺と、離れてるから?」
「うーん……まあ、うん。そうだろうね」

栗原はなぜかあいまいに、俺の言葉を肯定する。

じゃあ、なんで心愛は俺から離れて……というか、俺を避け始めたんだろう。

サト先輩とのことを俺に聞いてきたあのときは、心愛の態度はふつうだったし……。

なんで今回は……？

抱いた疑問を話してみると、栗原はポッキーを食べながら笑った。

「そりゃあ、心愛ちゃんは恋人の意味をあんまりわかってなかったからじゃない？」

「恋人の意味……？」

「うん。前回は、坂野くんがサト先輩と付き合ってる、っていう認識をしたわけで。でも今回は、坂野くんがサト先輩っていう"好きな女の子"と付き合ってるって考えたわけじゃん。心愛ちゃんからしたら、この認識の違いは大きかったんじゃないの？」

そうか……。

なるほど、たしかに心愛ならそれはありえる話だと思う。

なんせ恋愛の思考がどこかに行ってしまっている、無知なあいつのことだ。

けど、自信たっぷりで見解をのべる栗原に、少しイラッとした。

幼なじみである俺のほうが、心愛のことをわかっているはずなのに、って思って。

俺、どんだけこいつと張り合ってんだよ。

第4章 素直になりましょうよ ≫ 163

　栗原は食べ終えたポッキーの箱をごみ箱にぽんと捨てて、俺を見た。
「とりあえず、早くそのサト先輩と付き合ってるっていう誤解ときなよ。心愛ちゃんが勘違いしたままだとややこしいよ」
「それができたらいいけど……。いまはちょっと、考えたい」
　もう話さない宣言をした手前、すぐに誤解をとくことはできねえだろうし……。
　ため息をついて、また落ち込みムードに入りそうになった。
　そんな俺に、栗原はやれやれといった感じで肩をすくめてみせる。
「後悔先に立たずっていうより、後悔あとを絶たずのが、いまの坂野くんにはしっくりくるね」
「なに、ケンカ売ってんの。こうなったのおまえのせいなんだけど」
「心愛ちゃんを襲ったのは自己責任じゃん。ほんっと坂野くんってしょうがない男だねえ」
　机の横に引っかけていたかばんをつかみ、入り口に歩いていく栗原。
　帰んのかよ。
　別にどうでもいいけど……。
　そう思いながらながめていると、栗原は入り口付近で立ち止まって、こちらを振り返った。
　なにかをたくらむような、満面の笑みで。

「キミが、すぐに動かないつもりならさ」
「なに」
「……悪いけど、本気で俺、心愛ちゃんのこともらっちゃうから」
　その宣戦布告に、俺は目を細める。
「ふざけんな」
「ふざけてないよ。真剣。じゃあね～」
　ひらひらと手を振り、教室を出ていく栗原。
　冗談を言うように、顔は笑っていたけれど。
　……目、真剣だった。
「だからって、どうすればいいんだよ……」
　ひとり残された教室で、俺はまた頭を悩ませた。

そばにいたい理由

　なんでだろう。
　凪くんといっしょに登下校しなくなったあたりから、いろんな男の子からお誘いがくる。
　しかもみんな、
「付き合ってください！」
　……って、行き先を教えてくれない。
「え、えっと……どこに……」
「心愛ちゃーん」
　困惑しながらも目的地を尋ねようとしたら、教室のドアががらりと開いて、栗原くんが入ってきた。
　栗原くんは私と男の子に、にこっと笑いかける。
　……もうひとつ。
　男の子に誘われると、こうやっていつも、栗原くんもやってくるようになった。
「あっ……じゃ、じゃあ、俺はこれで！　佐伯さんっ、返事はいつでもいいから！」
「えっ。あ……！」
　い、いつでもと言われても……。
　急ぎではないってことだよね。
　それよりも、付き合ってほしいところを教えてほしかったけど……。
　そそくさと教室を出ていく男の子に、私は首をかしげた。

栗原くんは近くの机に座って男の子を見送ると、「は〜」と息をつく。
「坂野くんと離れてから、ここぞとばかりに群がってくるね〜。心愛ちゃん。ああいうのはかまわず追い払えばいいんだよ」
「ええっ！　そんなことできないよ！」
　追い払ったりしたら、きっとみんな傷ついちゃう。
　っていうか、やっぱり凪くんと離れたことと、なにか関係があったのかなあ。
　……凪くんと、離れたから……。
　いつもいっしょだった幼なじみのことを思い出したとたんに、降下していく心。
　自然と眉も下がっていく。
　あの、大きなケンカから、凪くんとの距離はさらに大きく広がってしまった。
　これでよかったんだ。
　それはわかってるんだけど、つらいよ……。
　当たり前のようにそばにいた存在だから、ぽっかりと心に穴が開いた気分になる。
　ずんと落ち込んだ様子の私を、栗原くんがじっと見つめた。
「坂野くんと仲たがいしちゃったんでしょ、心愛ちゃん」
「う、うん……」
「まあ、このままでいいんじゃない？」
　にっこりと笑顔でそう言われて、私は思わず目を見開い

て栗原くんを見た。
　だけどすぐに、視線を下に落とす。
　……うん。
　そのとおりなの。
　このままでいいんだ。
　私はもう、凪くんに嫌われちゃってる。
　あれ以来、一度も話していないし。
　だから凪くんはもう、私のことなんて気にしていない。
　サト先輩だって、私がそばにいないほうがうれしいに決まってるから……。
　凪くんのことを考えるだけでズキズキと痛む心も、いつか治ってくれるよ……。
「心愛ちゃん。心愛ちゃんはいま、悲しい？」
　自分に言い聞かせていると、栗原くんがそんなことを尋ねてきた。
　迷ったけど、私はうなずいた。
　栗原くんは凪くんじゃないから、うそをつかなくてもいいと思って。
「そっか。じゃあ、俺と付き合わない？」
「へ？」
　栗原くんも、ほかの男の子と同じこと言ってる……。
　男の子って、人を誘うときは場所は言わない決まりなのかなあ。
「今日は予定ないから、大丈夫だけど……どこに？」
「え？　……ああ、ごめん。言い方、悪かったね。俺と心

愛ちゃん、恋人にならない?」
　きょとんとした栗原くんは、苦笑しながら、言い直した。
　私はそれに、「え!?」とさっきよりも大きく目を見開く。
　こ、恋人!?
　だ、だって、どうしてそうなるの!?
　脈絡がないよ……!
　それに、恋人っていうのは、好き同士の男女がなるものなんじゃないの……!?
「な、なんで、そんなこと……っ」
「俺が心愛ちゃんに恋してるからだよ。心愛ちゃんは、付き合ってから俺のこと好きになってくれればいいから」
　で、でも、そんなの、恋人って言わないんじゃ……。
　お互いに好き合っているからこそ、"恋人"って呼べる関係になるものだと思うのに……。
　ち、違うの……?
　私を好きだと言ってもらえるのはとってもうれしいけれど、そんなの、だめだよ……。
「ご、ごめんなさい。栗原くんとは、付き合えないよ……」
「絶対に俺のこと好きにさせるって言っても?」
「だって……恋人になるのは、お互い好きになってからだと思うし……」
　それが、ふつうじゃないの?
　好きじゃないのに、恋人になれるの?
　でも、たとえそうだとしても、そんなのだめだよ。
　栗原くんを、傷つけることになってしまうから。

「どうしてもだめなの？」
「うん……。ごめんね」
　栗原くんに向かって、私は頭を下げた。
　栗原くんの気持ちは、うれしいけれど。
　同じ気持ちじゃないから、受け取れない。
「……うん。まあ、わかってたけどね」
「え……？」
　ゆっくりと顔を上げると、栗原くんは眉を下げて困ったように笑っていた。
「……じゃあさ。心愛ちゃんの悲しい気持ちは、どうやったら消えるの？」
「どう、やったら……」
「心愛ちゃんが望んでることって、なに？」
　優しい声で尋ねられて、のどの奥からなにかが込み上げてくる感覚がした。
　この悲しみが消える方法。
　私の、望んでいること。
　だめだってわかってても、このお願いだけはなかなか消えてくれなくて、困ってる。
「凪くんの……そばに、いたい」
　凪くん本人を前にしているわけじゃないから、本当の望みを素直に声に出した。
　ずるくて、わがままで、とっても強く願ってしまうこと。
　それを口にしてしまったら。
　つっ、と目から涙がすべり落ちた。

もう話せない。
　いままで笑顔を見せてくれていたのも、助けてくれていたのも、幼なじみだから。
　その"幼なじみ"が終わってしまったから、いっしょにいることはできない。
　わかってるのに、やっぱり私は――……。
　"幼なじみ"が終わっても、凪くんのそばにいたいと思っちゃうんだ。
「それが、心愛ちゃんの望んでること？」
　栗原くんは机から立ち上がって、私の目の前に来た。
　目を細めて優しくほほ笑むと、涙をこぼす私の頭をぽんぽんとなでてくれる。
「ふっ……うんっ……」
「そっか。……それは、どうして？」
　どうしてそばにいたいのか、なんて。
　そんなこと、考えたこともなかった。
　だってこんなふうに離れること自体、一度だってなかったから。
　私たちはずっとずーっと、いっしょにいたから。
　でもそんなの、考えなくたって、すぐに答えがわかる。
「――凪くんが、好きだから……」
　これからもずっとずっと、いっしょにいたいと強く思う気持ち。
　それが恋なのかなんて、理解力のない私にはわからないけれど。

ひとつだけ、はっきりわかるのは。
凪くんのそばにいたいと強く願う理由は……。
凪くんのことが大好きだからだよ。

閉じ込められました

　次の日。
　お昼休み、私はレミちゃんといっしょにお弁当を食べていた。
　今日は舞香ちゃんはいない。
　栗原くんに呼ばれて、ふたりで教室を出ていってしまったから。
　舞香ちゃんはパンを持っていっていたし、10分くらい経ったけど戻ってくる気配もない。
「栗原くんと舞香ちゃん、今日はいっしょにご飯食べるのかな？」
「なんであのふたりがいっしょなんだろうね！　すっごい気になる！」
　興味津々な様子で、教室のドアのほうを見るレミちゃん。
　私も気になるなあ。
　ふたりはずーっと険悪なムードだったはずなのに。
　現に、さっき栗原くんに誘われたとき、最初は舞香ちゃんもいやがっていたもん。
　でも、栗原くんが舞香ちゃんの耳元でなにかをささやいたら、舞香ちゃんはしばらく考え込むような表情をしてから、あっさり『わかった』とうなずいた。
　なんだったんだろう？
　なにか話があったのかなあ。

仲よくしてくれるなら、いいんだけど……。
「それよりさ、心愛」
「ん？」
「ほんとにあれから、坂野くんと一度も話してないの？」
　レミちゃんが心配そうな顔で尋ねてくる。
　私はうつむいてお箸を置き、こくんとうなずいた。
　ひどいこと言って突き放しちゃったし、もう完全に嫌われちゃってるのに、自分から話しかけることなんてできるはずないよ……。
「坂野くんも、なにやってるんだろ〜……」
「へ？」
「ううんっ！　なんでもないよ！」
　慌てたように両手を振るレミちゃんに、私は首をかしげて「そう？」と返した。
　そしてふと、昨日の放課後を思い出す。
　栗原くんに聞かれた、凪くんのそばにいたい理由。
　私は黙り込んだあと、お茶を飲んでいるレミちゃんのほうを向いた。
「レミちゃん」
「ん？」
「恋してるとき……って、どんな気持ちになるの？」
　おずおずと質問を投げかけた瞬間、レミちゃんはお茶をふき出した。
　わわっ！　なんで!?
　私、ヘンなこと言っちゃったかな!?

「大丈夫!? レミちゃんっ」
「大丈夫、ゲホッ。……心愛がそんなこと言う日が来るなんて！」

　何度かせき込んだあと、ぱあっと表情を明るく輝かせるレミちゃん。

　なぜだかとてもテンションが上がっているらしいレミちゃんに、私は目をぱちくりさせる。
「心愛って、いままで恋愛にはいっさい関心がない感じだったんだもん。すごいうれしい！」
「そ、そっか……」

　うん、そうだよね。

　レミちゃんの恋バナはよく聞いていたけど、自分に置き換えて想像したりはしなかったし……。

　ずっと凪くんのそばにいたから、あまり他の男の子に興味を抱くこともなかった。

　だけど、ここまでよろこんでくれるとは思わなかったなあ。
「よしっ、任せて！　このレミが恋についてばっちりレクチャーしてあげる！」

　きらきらした瞳で自分の胸をたたくレミちゃん。

　私はあらたまってイスに座り直し、「お願いしますっ」とうなずいた。
「じゃあ、定番から！　心愛は、坂野くんにどきどきしたことある？」
「どうして凪くん限定なの？」

第4章 素直になりましょうようよ

「そりゃあ決まってるでしょ！　いちばん心愛の恋の相手になる可能性を持ってるんだから！」

　そっか、なるほど。

　凪くんにどきどき、かあ……。

　真剣に考え出してみると、なんだかちょっと恥ずかしくなってしまった。

　これまでの、いろんなことを思い出しちゃって。

　ど、どうしようっ。

　私、いま、絶対に顔赤くなってる！

　熱を持った顔を下に向けて、「あ、ある……」と小さく答える私。

「えーっ、あるんだ!?　どんなとき!?」

「えっ……そ、それは……」

　い、いろいろあるよ〜っ。

　笑顔を見せてくれたときとか、顔を近づけられたときとか、壁にはさまれたときとか……。

　な、なめられたとき、とか……。

「いっ、言えないよ！」

「ええーっ!!　なにそれ、超気になるって！」

　だ、だめ。

　さすがにこれは恥ずかしいもんっ。

　でも、私はすっごくどきどきしてたのに、凪くんはいつも平然としてたなあ……。

　私のほうばっかり、余裕がなくて。

　それってなんだか……ちょっと……。

「それにしても、坂野くんにどきどきしたことあったんだね〜。心愛って鈍感だし、坂野くん、もっと不憫な感じかと思ってた」
「へ……？」
「ううん、気にしないで！　あのね、心愛。恋っていうのは、ふわふわしたり、どきどきしたり、ときには胸がぎゅーって苦しくなったりするものなんだよ！」

　ふわふわしたり、どきどきしたり、胸がぎゅーって苦しくなったり……？

　レミちゃんの言葉を頭の中で反芻しながら、私は自分の胸に手を当ててみた。

　ただそばにいるだけで、心があったかくなる。
　距離が近づくと、心臓がさわがしくなる。
　冷たくされると……胸が痛くなる。
　それと、同じ……？
「恋すると、嫉妬しちゃうことだってたくさんあるんだよ。会いたくて泣いちゃったり、相手のちょっとした言動に落ち込んだりして。楽しいことばっかりじゃないんだよね〜」
　頬杖をついたレミちゃんが小さくため息をつく。
　それを聞きながら、私は心音が速くなっていくのを感じていた。
「そ、それって、本当……？」
「ほんとだよ！　心愛にうその恋愛ふき込んでどうするの！」
「そ、う……だよね」

レミちゃんの教えてくれたことが、全部本当のことなら。
　私──……。
「ど……どうしよう……っ」
　顔がどんどん熱くなってきて、両手で口もとを覆った。
　激しい鼓動が鳴りやまなくて、なんだか、泣きそうな気分だ。
　いまさら……わかっちゃうなんて。
　こんなタイミングで、気づいちゃうなんて。
　凪くんにはもう、好きな女の子が……サト先輩が、いるのに。
「心愛？　どうしたの？」
「……っ」
　恋する気持ちなんて、聞かなければよかったのかもしれない。
　きっと近すぎる存在だったからこそ、自覚できずにいたんだ。
　いまさら自分の恋心に気づいても、もう、どうしようもないのに……。
　私は、もの心がついたときから、ずっとずっと凪くんのことが大好きだった。
　そのときからきっと本当は。
　──凪くんに、恋してたんだ。

「ん……？」
　放課後。

靴を履き替えるために靴箱を開けると、中からひらりとなにかが落ちてきた。
　丁寧にふたつ折りにされた、ルーズリーフの１枚。
　なんだろうと拾い上げて、かさりと紙を開いてみる。
【今日の放課後、第１倉庫の中に来てください】
　そう綺麗な字でひと言だけ記された紙に、差出人の名前は書かれていなかった。
　でも、とっても見覚えのある字。
　すごく知ってる字のはずなんだけど……。
　誰の字だったっけ……？
　首をひねりつつ、いまは放課後なので、私は靴を履き替えて指定された第１倉庫の中へ向かった。
「えーと……第１倉庫……の中」
　西棟の近くにたたずんでいる、古びた第１倉庫。
　体育祭のときくらいしか、ものの出し入れはしていないんだと思う。
　ふだんは鍵がかかっているはずなのに、なぜか扉は全開だった。
　あれ？と不思議に思いながら、手に持っていた紙をもう一度確認してみる。
　第１倉庫の中って書いてある。
　この中に入れってことかな？
「なんでだろ……」
　頭の上にクエスチョンマークを浮かべる私。
　けれど、まあいいかと思い、倉庫の中に進んでいった。

第4章　素直になりましょうよ　>> 179

　いろんな道具があるなあ……と、倉庫の中を見渡していたら。
「心愛!!」
　突然、私の名前を呼ぶ大きな声がした。
　それは、私の大好きな声で。
　そしてもう、私にはかけてもらえないと思っていた声。
　驚いて振り返ったと同時に、走ってきた凪くんがあせったように私の肩をつかんだ。
「な、凪くんっ……!?」
「心愛っ、なにもされてな……」
　──ギイイイッ……。
　不意に凪くんの声にかぶさった、耳が痛くなるようなさびついた扉の音。
　──ガッチャン。
　そして、倉庫に差し込む光が消えるとともに聞こえた音。
「は？」
「ほ？」
　お互い、いま、起こっている状況がまったく理解できなくて。
　唯一の明かりが窓から差し込む光だけの、薄暗い倉庫の中。
　私は目を見開いたまま、顔を動かした。
　え……？　ど、どうなってるの？
　私の肩をつかんだままの凪くんは、バッと扉のほうを振り返った。

さっきは全開だったのに。
　扉が、閉じられてる……。
　呆然としていると、カチャカチャと、まるで鍵を閉めるような小さな音が、扉の向こうから聞こえた。
「え？　あれ？　な、なに……？」
「坂野くーん！　心愛ちゃーん！　俺の声、聞こえてるーっ？」
　突然、外から栗原くんの明るい声が届いた。
　なにがなんだかわからない。
　どうして扉、閉まってるんだろう……。
「く、栗原くん……？」
「よかった、聞こえてるね！　倉庫、鍵かけたからそのつもりでーっ！」
　——え？
「えっ！　ど、どういうこと!?」
「だから、ふたりとも鍵が開かない限り、ここから出られないんだよー！」
「せっかく私たちがチャンスを作ってあげたんだから、しっかり話しなさいよ」
　栗原くんの声のあとに飛んできた、舞香ちゃんの声に、さらにびっくりする。
　そのとき、私はふと思い出した。
　いま、手の中にある紙。
　見覚えのあるこの綺麗な字は、舞香ちゃんの字だ。
　こ……これって、罠に引っかかっちゃったってこと？

ここから出られないって……。
　しっかり話しなさいって……。
　む！　無理だよっ！
「最終退校時刻にはちゃんと鍵開けてあげるから、安心してねー！」
「えっ、ちょっ」
「それまでに誤解とわだかまりは解消させとくのよ」
「あの……っ」
「じゃあ、俺ら行くから！　ふたりともがんばれよ～っ」
　ま、待ってー!!
　ざっざっとふたつぶんの足音が去っていく音が耳に入ってくる。
　それはやがて、少しも聞こえなくなって……。
「う、うそっ……」
　信じられない気持ちで、凪くんを見る。
　扉から視線を戻した凪くんは、面倒くさそうな表情をしていた。
　放課後の、第1倉庫の中。
　とっても気まずい仲になった幼なじみといっしょに、閉じ込められてしまいました。

幼なじみに終止符

【凪side】
　気まずい。
　いまの状況をひと言で表すなら、まっ先に浮かぶ言葉。
　なんで、こんなことに……。
「……う。開かない」
　心愛が扉を押したり引いたりしているけど、開くわけがない。
　鍵は栗原たちが持ってるんだろうし。
　それにしても、まさか、栗原と舞香がグルになるとは思わなかった。
　俺と心愛のため……だってことは、わかってるけど。
　これって、感謝するべき？
　無理やりふたりきりにさせられて？
　なんでこんな強行突破なんだよ……。
「なんでおまえ、この中にいたの？」
「えっ……」
　うしろから話しかけると、心愛は驚いた表情で俺を振り返った。
　あ……。
　……話しかけないって、言ったんだっけ。
　ほんとに、なんであんなこと言ったんだよ、俺。
　いくら心愛のうその言葉に、ムカついたからって……。

我ながら、あきれてものも言えない。
「なんでもない」
　あんなことをしてしまったせいで、とてもじゃないけど素直に謝ることができなくて。
　結局、素っ気ない声で、投げかけた質問を取り消した。
　心愛も俺から視線をそらしてうつむくのがわかった。
　さらに濃度を増す、気まずい空気。
　栗原たちが来るまで、ずっとこのまま無言だろうかと思っていると、心愛が意を決したように体をこちらに向けて、俺を見上げてきた。
「あ、あのねっ、私っ……」
　弱々しく震えた声。
　暗い中でもわかるくらい、潤んだ目。
　……なにか、怖がってる？
　なにを？
　……俺を？
　当たり前か。
　あんなに冷たく当たって、しかも無理やりキスまでしたんだから……。
　なにかを言おうとしている心愛を見ながら、また後悔に侵食される。
　後悔あとを絶たず、か。
「あのね……えっと、その、」
「……」
「あの……っな、凪くんはどうして、ここに来たの？」

問いかけてきたあと、あからさまにぱっと俺から目をそらす心愛。
　心愛は絶対、そんなことが聞きたかったんじゃない。
　それはわかったけど、俺はややためらってから、口を開いた。
「電話がかかってきたから」
「電話……？」
「いま思えば栗原からだったんだろうけど、非通知だったし。早口で言われて切れたから、誰からかわかんなくて」
「なんて……言われたの？」
「忘れた」
「えっ！」
　うそ。
　ほんとは、覚えてるよ。
　覚えてるけど……。
『いますぐ第１倉庫に来ないと、キミの幼なじみがどうなっちゃうかわからないよ』
　それを真に受けて、ここまで来て、あっさり閉じ込められるとか。
　あいつらの思惑どおりに行きすぎて、すげームカつく。
　し、そんなはずいこと、心愛に話せるわけがない。
　ここから出たら、ぜってー栗原殴る。
「そ、そっか……」
「……」
「あっ、は、話しかけてごめんね」

第4章 素直になりましょうよ >> 185

　悲しそうに謝って、ぎこちなく俺から距離を取ろうとする心愛。
　なんでおまえが謝るんだよ。
　謝らないといけないのは、俺だろ……。
　俺が自分勝手な感情で、一方的に、心愛を傷つけただけなのに。
「心愛……」
　躊躇はあったものの、俺はそっと手を伸ばして、心愛の細い手首をつかんだ。
　心愛の目をまっすぐ見つめる。
　──ごめん。
　そしてそう、言葉にするつもりだったのに。
　心愛は突然、目から大粒の涙をこぼし始めた。
　それにびっくりして、一瞬、息が止まる。
　もしかして、怖がらせたのかもしれない。
　そう思ってすぐに手を離そうとしたけど、その前に心愛が「凪くん……」と小さく、涙声で俺を呼んだ。
「もう一生……そうやって名前、呼んでもらえないって、思ってたんだよ……っ」
「え……」
「き、嫌われること言っちゃったの、私だけど……っ！ ほんとは、っやだよ……！」
　嗚咽しながら、せきを切ったみたいに心愛が口にする本音。
　やっと聞くことができた、心愛の素直な気持ち。

驚きながらも、不安と悲しみに満ちたその涙声が……愛しくて仕方がなくて。
「……ほんとは、ずっとずっと凪くんのそばにいたいのっ……！」
　……もっと、早く言えよ。
　うそなんかつかずに、最初からそう言ってくれたらよかったのに。
　そうすれば、絶対に離さなかった。
　けど、もういいよ。
　泣きながら伝えてくれた心愛にとって、俺の存在がどれだけ大きいのか、わかったから……。
　もう絶対に、離したくないと思うから。
「泣くなよ、心愛……」
　つかんでいた手首をぐいっと引っ張って、なにより大切な幼なじみを腕の中に閉じ込める。
　ほんとに好きだよ、心愛。
　……ずっと、心愛のそばにいるから。
　幼い子どもみたいに号泣する心愛を、俺は泣きやむまでずっと抱きしめていた。

　それからどのくらい時間がたったのか。
　心愛の涙が少し落ちついてきた頃、俺はその小さな頭をなでながら、「ごめんな」と謝った。
　腕の中で、心愛がふるふると弱く首を振る。
「冷たいこと言って傷つけて、ごめん」

「凪くんは、っ悪くないよ。あんなこと言って、嫌われるの、当たり前だし……っ」
「ばか。……おまえを嫌いになったことなんか、一度もねえよ」

　わかれよ。
　おまえが思ってる以上に、俺はおまえのことが大事なんだよ……。
　けどどこまでも鈍感な心愛は、「え……？」と驚いた顔で俺を見上げた。
　目、真っ赤だし。
　その目元にそっと指をはわせると、また心愛の瞳が潤んで、こぼれた涙が指を濡らした。
「ふえっ……。私……凪くんに、もう、嫌われっ……っと思ってっ……」
　涙腺が緩みっぱなしらしく、また泣きだす心愛を抱きしめながら、つい少し頬がゆるんでしまう。
　なにこいつ。
　マジで、すげーかわいい。
　これからはもっと……ちゃんと、大事にしてやりたい。
　そんなことを思った相手は、いままでで心愛だけだ。
　もちろんいまも、これからも、ずっと。
「心愛、安心しろよ。俺はずっとおまえのそばにいてやるから」
「うっ、でも……サト、先輩……」
「それは誤解だって。サト先輩と付き合ってなんかないか

ら。つーか、そもそも俺の好きな女はサト先輩じゃねえよ」
「え……っ？」

　気づけよ。
　……なんて言っても、無理な話だよな。
　相手が心愛だから、察してもらえるなんて期待はしていない。
　ちゃんと俺の口から、言葉にして伝えねえと……。
「じ、じゃあ、誰……？」
　心愛は怖がるように、震えた声でそう聞いてきた。
　さっき話しかけてきたときみたいに。
　そんな表情をされるとは思わなかったから、俺はつい目を見開いた。
「なんでそんなに悲しそうな顔してんの？」
「えっ……だ、だって……。私……な、凪くんが好きなんだもん……」
　不意打ちでそんなセリフを返されて、少し、いやだいぶどきりとする。
　でも、期待はしてない。
　以前から、なんのためらいもなく告げられてきた２文字だから。
　心愛の俺に対する"好き"っていうのは、
「どうせ"幼なじみ"として、だろ？」
「へ？」
「俺はそうじゃなくて……」
「そうじゃないよ！」

いきなり大声をあげた心愛にびっくりして、「は?」と疑問符のついたひと文字が、口からもれた。
　そうじゃ、ない？　なにが？
　いや、意味わかんねえ……。
「どういう意味？」
「わ、わかってよ……。凪くんの鈍感」
「それはおまえが言うことじゃねえだろ……」
　耳まで真っ赤になって、「うう」とうつむく心愛。
　なに、これ。
　願望が夢になって現れたとか……？
「なあ、心愛。"好き"が幼なじみとしてじゃないってどういうこと？」
「な、凪くんの意地悪っ……」
「なんでだよ。わざと言わせようとしてるんじゃねえって。はっきり言葉にしてもらわねえと、こっちも間違ったふうにとらえるかもしれねえじゃん」
　いくら心愛のことをずっと見てきた幼なじみだって。
　さすがに、その意味には確信が持てない。
　"好き"っていうのが幼なじみとしてじゃないとしても、もしかしたら友だちとしてかもしれねえし。
　この前"幼なじみ"を終わらせたんだから、それもありえる……だろ、たぶん。
「だ、だから、その……」
「うん」
　優しくうながすように、心愛を抱きしめる力を少し強め

ると、自分の心拍数が加速していくのがわかった。
「私、凪くんに……ずっと——」
「坂野くーん！　心愛ちゃーん！　生きてるー？」
　——栗原、殴るっ!!
　最っ悪！　あいつやっぱ邪魔しかしねえな!!
　タイミング悪すぎだろマジで……！
　心愛は聞こえてきた栗原の声にハッとして、慌てて俺から離れた。
　っ、マジで殴る……!!
「なにやってんのよ、栗原。早く開けなさいよ」
「いや……なんか中から殺気が」
「はあ？　ばかじゃないの。貸しなさいよ、私が開けるわ」
「あっ、ちょ、舞香ちゃん！」
　カチャカチャ、と扉が開錠される音が聞こえた。
　数秒後、耳が痛くなる音とともに、扉がゆっくりと開かれる。
　引きつった笑みを浮かべる栗原の顔を見た瞬間、ぶちっと俺の中でなにかが切れた。

　夕日が沈みかける時間帯。
　いつもの通学路を、久しぶりに心愛と並んで歩く。
　心愛は俺を見あげると、うれしそうに顔をほころばせた。
「凪くんがとなりを歩いてくれてると、やっぱりすごく落ちつく……。昨日までの寂しさがうそみたい」
「……俺も、心愛がいないとすげー違和感あったよ」

「へへ……。ひとりで登下校してるときね、ずっと凪くんのことばかり考えてたんだ。もう二度と凪くんのそばにいられないんだって思ってたから……いま、すごくすごく幸せだなあ……」

　ほほ笑みながら話す心愛は、それから数秒後、かあ……と頬を赤く染めた。

　いや……。

　自分の発言に照れるとか……かわいすぎなんだけど。

　いままでさんざん、俺を期待させるようなセリフぽんぽん口にしてたくせに。

　そんな反応見せたことなんて、いままで一度もなかったじゃん。

「なあ、心愛」
「へっ、な、なにっ……？」
「倉庫の中で言いかけてたの、結局なんだったの？」

　意地悪っぽくにやりと笑って顔をのぞき込むと、心愛は案の定、さらに真っ赤になった。

　いまはもう、答えがわかってる。

　つまり、わざと言わせようとしてる。

　どうしてももう一度、心愛の声でその気持ちを聞きたくて。

「ひ……秘密っ！」
「なんで？　１回素直に言ってくれたじゃん」
「あ、あのときはっ、つい無意識に声に出しちゃっただけっていうか……！」

あわあわとあせる心愛がかわいすぎて。
俺はそっと、心愛の手を握った。
「な、凪くんっ？」
「じゃあ、俺から言うよ」
心愛が俺の言葉に首をかしげる。
「俺の好きなやつの名前」
とつけ加えてみると、心愛は「あ……」とうつむいて、それから弱く首を振った。
「や、やっぱりいい……っ」
「知りたくないの？」
「知りたい、けど……。でも、聞いちゃったら悲しい」
鈍感もここまでいくか。
抱きしめたり、"ずっとそばにいる"って言っても、心愛にはみじんも伝わってない。
そういうところも愛しいんだけど、でも……。
「凪くんっ、あのね。私、いままでどおり、凪くんと幼なじみでいたい……」
「だめ」
すがるような瞳で見つめてくる心愛の言葉をさえぎって、俺はつないだ手を自分のほうへ引き寄せた。
いままでどおりなんて、もう、絶対に無理だ。
「"幼なじみ"はもういやなんだよ」
「ど、どうして……？」
「幼なじみだからとか、もうそういう理由ではいっしょにいたくない」

もっと素直な理由で、心愛のそばにいたい。
　幼なじみよりも、もっと特別な存在になりたい。
「好きだよ、心愛」
「えっ……」
「友だちとか、幼なじみとかじゃなくて。恋愛感情の好きだから」
　これだけはっきり言葉にすれば、心愛にも伝わる。
　いままでずっと言えなかった、俺の想いが。
　心愛は目を見開いて、立ち止まった。
「うそ……」
「うそじゃねえよ。ずっとおまえのことだけが好きだったのに、全然気づかねえし」
「だ、だって！　いままで、そんなそぶり……」
「してたよ。自分で言うのもなんだけど、まるわかりなくらいに」
　心愛の目に、じわじわと涙がたまっていく。
　さっき号泣したばっかりなのに、まだ枯れないらしい。
　まあ、俺のための涙だからいいけど。
「あのっ……凪くん、私も……」
「うん」
「私も、凪くんのこと、本当はずっと好きだったの……！」
　ぽろぽろと涙を流しながら想いを打ち明ける幼なじみが、本当に愛しい。
「うん。おまえも、まるわかりだった」
　いままで、全然知らなかったけど。

たぶん、心愛が自覚したせいだと思う。
　さっきから心愛の態度全部が、俺のことが好きだって、そう言ってるから。
「ふっ、うぇぇぇ〜ん……凪くんっ……」
「泣くなよ。ここはよろこぶとこだろ」
「う、うれし泣き、だもん……っ」
　あーもー、かわいすぎて仕方がない。
　やっと俺のものになった、なにより大切な幼なじみ。
　"幼なじみ"が終わっても、これからもずっと、そばにいるよ。

第5章
これからもずっと

☆ ☆ ☆ ☆ ☆ ☆ ☆ ☆
ゆっくりゆっくり、恋人らしく
もっともっと、甘くなっていく。
☆ ☆ ☆ ☆ ☆ ☆ ☆ ☆

美人先輩の計らい

　私と凪くんの関係が"幼なじみ"から"恋人"へと変わった。
　昔からなじみがあるという、幼なじみという立場は変わらないけど、幼なじみだからそばにいるんじゃなくて、恋人だからそばにいる。
　お互い相手に恋してるから、そばにいる。
「そういうの、両想いって言うんだよ！」
「りょ、両想い……」
「そうだよ！　もーっ、ほんとよかった。おめでとう!!」
　朝、レミちゃんと舞香ちゃんに凪くんと付き合いはじめたことを報告したら、自分のことのようによろこんでくれたレミちゃんにぎゅーっと抱きつかれた。
　舞香ちゃんもほほ笑んで、「おめでと、心愛」と言ってくれて。
　心がすっごく、ぽかぽかしてる……。
　うれしいな。
　いまは凪くんのことを思い出すだけで、どきどきしちゃうけど。
　それもやっぱり、うれしい。
　凪くんも、そうなのかな……？
　そうだったらいいなあ。
「サト先輩の誤解もとけたのよね？」

「あっ、うんっ。凪くん、サト先輩と付き合ってなかったんだって！」
 私の勘違いだっただけ。
 思えば、私が思い込んだだけで、凪くんからそんなことひと言も聞いてなかったもんね。
 まさか、凪くんの好きな子が私だったなんて……。
「心愛、顔赤いわよ」
「へっ」
「かわいー！ 完全に恋する乙女じゃん！」
 は、恥ずかしいっ……。
 さらに顔が熱くなった気がして、両手で顔を覆った。
 なんだか、私じゃないみたい。
 凪くんのことが好きって気づいたとたんに、全部変わっちゃったみたいで。
 これからも凪くんのそばにいられるの、うれしいけど、緊張しちゃうよ〜っ。
 今朝も、いつもの私みたいに話ができなかった。
 凪くんも、きっと気づいてたんじゃないかな。
 放課後はちゃんと、いつもどおり接することができますように！
 それから朝のホームルームが始まるまで、ふたりには、とくにレミちゃんにはたくさんからかわれてしまった。

 お昼休み。
 お弁当を食べ終えたあと、日直の私はひとりで職員室へ

向かっていた。
　担任の先生に、プリントを取りに行く仕事を頼まれたから。
　同じく日直の栗原くんが行くと言ってくれていたけど、となりのクラスの女の子に呼び出されていたので、私がひとりで引き受けた。
　プリントだけだから、レミちゃんと舞香ちゃんについてきてもらうほどでもない。
　職員室がある棟につながる渡り廊下をひとりで歩いていると。
　私の前を歩いていた、ダークブラウンの長い髪の先輩らしき人のスカートのポケットから、生徒手帳がすべり落ちた。
「あっ……」
　声をあげたけれど、先輩は落としたことに気づいていない様子。
　なんだか見覚えのある背中だなあと思いながら、私は急いで生徒手帳を拾って先輩を追いかけた。
「あのっ、生徒手帳落としました……！」
「え？」
　声をかけると、立ち止まってこちらを振り返る先輩。
　その顔を目にした瞬間、あ、と気づく。
　3年生の、サト先輩だ。
「あら、ありがとう。うっかりしてたわ」
　笑みを浮かべてお礼を言い、生徒手帳を受け取るサト先

輩に、つい見とれてしまう。
　やっぱり、とっても綺麗な人。
　声もしっとりと落ちついていて、大人っぽい。
　どうして凪くんは、サト先輩じゃなくて、私を好きになってくれたんだろう……。
「あなた、心愛ちゃんよね?」
　ぽーっと惚けていると、サト先輩がにこやかに尋ねてきた。
　私の名前、知ってたんだ。
　凪くんの幼なじみだとしか思われてないんだろうなと思っていたから、少しびっくりした。
「はいっ、そうです」
「私、心愛ちゃんとお話してみたかったの。少しだけ、時間あるかしら?」
「あ……えっと」
　プリント、取りに行かないといけないけど……。
　廊下の端に設置されている時計を見ると、お昼休みの時間はあと10分くらい残っている。
「少しなら、大丈夫です」
　考えたあと、笑顔で答えると、サト先輩は「よかった」と大人っぽくほほ笑んだ。

「心愛ちゃんって、凪くんと付き合ってるんでしょう?」
「えっ!　ど、どうして知ってるんですか!?」
　廊下を歩きながらサト先輩に問いかけられて、驚く。

だって、昨日そういう関係になったばかりなのに……。
あ、凪くんに聞いたのかな……？
サト先輩は私を見やり、肩をすくめて笑った。
「噂は一瞬で広まるものなのよ。あなたたちならなおさらね」
「へ……？」
「やっぱり、自覚がないのね。学校一の美少女なんてもてはやされてるのに」
聞き取れない声でなにかつぶやかれて首をかしげたとき、サト先輩が職員室の近くの放送室で足を止めた。
「……それはそうと、私、あなたに謝らないといけないことがあるの」
胸ポケットから放送室の鍵を取り出しながら、そう話すサト先輩。
謝りたいこと……？
なんだろう。
私、なにかされたかな？
不思議に思う私の前で、サト先輩は鍵を差し込んでカチャリとドアを開ける。
そして振り返って、眉をさげて私を見た。
「私が"デート"なんて言い方をしたせいで、凪くんと私の仲を誤解しちゃったんでしょ？」
申し訳なさそうに「ごめんなさいね」と謝るサト先輩に、私はあせった。
慌てて、ぶんぶんと両手を振る。

「あれは、私が勝手に勘違いしちゃっただけですよ！」
「でも……」
「サト先輩は悪くないです。それに、もう終わったことですからっ」
　誤解はちゃんととけたんだし、凪くんと恋人にもなれたし……もう、いいんだ。
「本当にごめんね。私と凪くんはただの先輩後輩だから、気にしないで」
「はい。大丈夫です！」
　私がそう笑うと、サト先輩もほっとしたように笑い返してくれた。
　とっても笑顔が綺麗な人。
　落ちついてて、大人で……本当に、私とは正反対だ。
　サト先輩は放送室に入って、CDを数枚持ってすぐに戻ってきた。
「あのね、心愛ちゃん。私、心愛ちゃんにお願いしたいことがあるの。いいかしら？」
「お願いですか？」
「ええ。この前デートと言ったけど、本当はただいっしょにペットショップに行く約束をしていただけなの」
「ペットショップ……？」
　どうしてペットショップ？
「動物が飼いたいなと思って。それで、凪くんも動物好きでしょ？　だからいっしょに行って、選んでもらいたいなと思ってたんだけどね」

それは、凪くん、とってもよろこびそうだ。
　凪くんは小動物が好きだもん。
　そういうところ、凪くんって本当にかわいいんだよね。
　なんて考えてほのぼのしていると、サト先輩は「だけどね」と悲しそうな声で話をつづけた。
「さっき、心愛ちゃんと付き合ってるからだめだって断られちゃって」
「えっ……」
「おかしいでしょう？　デートじゃないのに。ただの先輩後輩なんだし、気にすることじゃないのに……」
　持っているCDに視線を落としながら、小さくため息をつくサト先輩。
　そんなに、飼う動物を凪くんに選んでもらいたかったんだなあ……。
　サト先輩は、眉をさげて懇願するような表情で私を見つめた。
「だから、彼女のあなたからも凪くんに言ってほしいの。ただの先輩からの頼みなんだから、1日だけ付き合ってあげてって。心愛ちゃんが言ってくれたら、凪くんもうなずいてくれると思うし」
　サト先輩が困ってる。
　私の言葉が凪くんを動かせるかはわからないけれど、そういうことなら。
　凪くんが私を想ってくれているのはうれしいけど、サト先輩も本当に悩んでるみたいだもん。

デートじゃないんだし。
　ペットを選ぶだけなんだから、引き受けてあげてほしい。
「わかりました！　今日、言ってみますね」
「ありがとう。お願いね」
　悲しげな表情を消して笑顔を見せてくれたサト先輩はやっぱり綺麗で、女の子同士なのに、ちょっとだけどきっとした。

「ねえねえ、凪くん」
「ん？」
　その日の帰り道。
　となりの凪くんに話しかけながら、やっぱり緊張しちゃうなあ、なんて頭のすみっこで考えた。
　手をつないでるし、凪くんの声は以前よりもっと優しく感じるし……。
「あ、あのね。サト先輩のことなんだけど……」
　少しずつ熱を帯びる頰を気にしつつ、そう話を切り出すと、凪くんは「サト先輩？」と怪訝そうに私を見た。
「サト先輩といっしょに、ペットショップ行く約束してたんでしょ？」
「え？　……ああ。別に約束してたわけじゃねえけど」
「凪くん……私がいるからって断ってくれたみたいだけど、私、行ってあげてほしいな」
　おずおずと凪くんの顔を見上げる。
　こちらを見ている凪くんは、なぜか不可解そうな表情を

していた。
「なんで？」
「だって……サト先輩、すっごく、凪くんに飼う動物を選んでほしいみたいだったから」
「……へえ。心愛はそれでいいの？　彼氏がほかの女とふたりきりになるの、いやじゃねえの？」
　えっ……？
　思ってもみなかった問いかけをされ、目をぱちぱちとしばたかせた。
　でも……サト先輩と凪くんは、ただの先輩後輩だって言っていたし。
　デートじゃなくて、ただ飼う動物を見に行くだけなんだし……。
「平気だよ？」
　小首をかしげて答えた私に、凪くんはガクリと肩を落とした。
「マジで言ってんの……？」
「うん。それにサト先輩、とっても落ち込んでるみたいだったし……そんな顔してほしくなくて」
「それ、だまされてるって……」
　凪くんが小さな声でなにかつぶやいたけれど、私にはうまく聞き取れなかった。
　とにかく、凪くんにはいっしょに行ってあげてほしい。
　そしたら、サト先輩ももう悲しい顔なんてしないはずだ。
「お願い、凪くん……」

「……っ」
「サト先輩といっしょに、行ってあげて……？」
　サト先輩が、どれだけ飼う動物を凪くんに選んでもらいたいかはわかってるもん。
　サト先輩の頼み、聞いてあげてほしいよ……。
　私が涙目でお願いすると、凪くんは長くため息をついた。
　そして私の頭を、ぽんと優しくなでる。
「そういう顔すんなよ。……わかったから」
「本当!?　ありがとう！」
「ったく……」
　よかったあ。
　凪くんはやっぱり優しいっ。
「かわいい動物、選んであげてね！」
「……後悔すんなよ」
　満面の笑みになる言った私に、凪くんはそう小さくぼそりと返したけど、やっぱり私の耳には入ってこなかった。

嫉妬させてやります

【凪side】
　まったく理解できない。
　なんで彼女がいるにもかかわらず、彼女じゃない女と出かけなくちゃなんねえんだよ。
　心愛はデートだなんて夢にも思ってないんだろうけど、これはふつうに考えてデートだっつーの！
　あれから数日たった土曜日。
　駅前の噴水公園でサト先輩を待ちながら、俺はイラ立ちをぶつけるようにスマホをポケットにしまい込んだ。
　ばか心愛。
　なにが『楽しんできてね』だよ！
　彼氏がほかの女と出かけるのに、快く送り出すなんてありえねー！
　嫉妬しろよ！
　わかってはいたことだけど、俺ばっかりあいつのことが好きなの、すっげームカつく……！
「あの～……」
　イライラしていると、ふたり組の女がへらへらと笑って近寄ってきた。
　ちっ、またかよ。
　さっきからイライラすることばっかじゃん。
「かっこいいですね！」

「よかったら、いっしょに遊びませんか?」
「ああ……。人、待ってるんで」
　待ち合わせしてることくらい、見ればわかるだろ。
　早く、どっか行ってくれ。
　と心の中では悪態をつきながらも、当たり障りない笑顔を添えてやんわりと断る。
「えっ!　それって彼女さんですかあ?」
　──はあ?
　しつこいな……。
「いや。ちが……」
「お待たせ、凪くんっ」
　きっぱり否定しようとしたとき、タイミングを見計らったかのようにサト先輩が駆け寄ってきた。
　ベージュのミニワンピにメルトンコートを身につけたサト先輩は、ふたり組を見て首をかしげる。
「あら?　この人たちは?」
「わっ、すっごい美人……っ!」
「やばい!　超お似合いだよ〜っ」
　顔を紅潮させ、口元に手をやってはしゃぐふたり組。
　声をおさえてるつもりなのかもしれないけど、残念ながらまる聞こえだっつーの。
　全っ然うれしくねえし!
「あ、じゃあ、あたしたち、もう行きますね!」
　ふたり組はしきりにこちらを気にしながらも、そそくさと離れていった。

「ねえねえ、美男美女カップルだったね!」
「うらやまし～っ」
　——イラッ。
　付き合ってねえし!
「お似合いですって。私たち」
「俺とお似合いなのは心愛だけです」
　機嫌よさそうにふふっと笑ったサト先輩に、俺は貼り付けたような笑みで事実を返した。
　それでもサト先輩は余裕のある態度をくずさず、「残念」と自分の長い髪をなでる。
「凪くんとお似合いなら、私はとってもうれしいんだけど」
「俺はまったく」
「つれないわね」
「勘違いしないでくださいね。今日来たのは、心愛を妬かせるためですから」
　ジャケットのポケットに入ったスマホにふれて、今回誘いにのった目的を述べると、サト先輩は少しだけ目をまるくしてみせた。
　グロスを塗った唇に人差し指をやって、興味深そうに表情を変える。
「へえ?　あの子は妬かないんじゃない?」
「妬かせますよ。ムカつくんで」
　絶対、妬かせてやるから。
　……覚悟してろよ。

ショッピングモールの中にある大きめのペットショップには、思ったよりも人がいた。
　幅広い年齢層の客が、ケージや柵の向こうにいる動物たちをながめている。
　単純に見物しているだけだったり、真剣にペットを選んでいたり。
「サト先輩。なんの動物が飼いたいんですか？」
　俺の腕の中にいるのは、小さなぬいぐるみみたいなポメラニアン。
　眠いのか、さっきから目を閉じたり開いたりしている。
　すげーかわいい。
　子犬とか見てると、心愛を思い出す。
　あいつも小動物みたいだし。
「私も両親も希望はないから。凪くんに選んでもらいたいのよ」
「え……。つーか、なんでいきなりペット飼うことになったんですか」
　小さな柵のそばで眠っている子犬をなでながら、俺を見上げるサト先輩。
「動物嫌いの兄が家を出たの。前から母が何か飼いたいって言ってたから、それを機にね」
「そのペットを、俺が決めていいものなんですか？」
「ええ。凪くんはどんな動物が好きなの？」
　ほんとにいいわけ？
　なんの関係もない俺が選ぶの？

っていうか、どんな動物が好きって聞かれても……。
「俺は……小動物が好きですね」
「小動物？」
「そう。心愛みたいな」
　ポメラニアンを柵の中に戻した俺は、ちょっとほほ笑んでそう答えた。
　サト先輩はしばらく黙ったあと、「……ふうん」とだけ声を落とす。
「小動物ね。じゃあ凪くんが選ぶのも、心愛ちゃんみたいな小動物なのかしら？」
「ふ、どうでしょうね」
　まあ、たぶんそうなると思いますけど。
　笑いながらつけ加えた俺に、サト先輩が不服そうな表情を向けてくる。
　そんなふうに露骨に態度に出されるとは思わなくて、少し意外だったけど。
　これでわかってくれたんじゃないかと思った。
　俺みたいなやつにペットを選ばせるほうが間違ってるんですよ、先輩。
「そんなのいやだわ」
「そうですよね。彼女がいる男と来るべきじゃないってわかりましたか？」
「……もう。ペット選びは中断ね」
　ふう、と小さくため息をついたサト先輩は、あきらめたように立ち上がった。

第5章　これからもずっと　》 211

　それを聞いて、心の中でガッツポーズしたのは秘密だ。
　サト先輩とペットショップを出たとき、ポケットの中のスマホが振動し始めた。
　あ。
　サト先輩にあきらめてもらうことと、あともうひとつの目的を忘れていた。
　今日来たいちばんの目的を。
「……待ってください、先輩」
「なに？」
「先輩の頼み聞いたんですから、今度は俺の頼みも聞いてください」
　いま俺、ちょっと意地の悪い笑顔してると思う。
　サト先輩はきょとんと、首をかしげて俺を見た。

【約束どおり、指定のカフェに心愛連れてきたわよ】
　舞香から届いた１通のメッセージ。
　正直、舞香がのってくれるとは思わなかったけど、悪くないと思ったんだろう。
　カフェに向かいながらサト先輩に説明すると、サト先輩は微妙そうに腕を組んだ。
「要するに……私を使って、心愛ちゃんに嫉妬させるってわけね」
「ケーキ、おごりますから」
「まあ、私の頼みも聞いてくれたんだし、いいわよ。利用されるのはいい気分しないけど」

一応、サト先輩も了承はしてくれたみたいだ。
　必要以上にはくっつかないでくださいねと注意したら、少しすねられたけど。
　静かな雰囲気のカフェのドアを開けると、カランとベルが来店を知らせた。
「……いいわ。私は私で、凪くんをどきどきさせてあげるから」
　カフェに入ったとき、サト先輩は挑戦的に笑って、俺の耳元でささやいてきた。
　そんなの、無理に決まってんだろ。
　俺の眼中にはいつだって心愛しかいないんだから。
　だからこそちょっとだけ、心愛に意地悪しようと思う。
「行きましょ、凪くん」
　長い髪をなびかせ、声を弾ませて空いている席へと向かうサト先輩。
　さっきまでちょっといやそうだったのに、なんか妙に楽しそうだし。
　窓際の席についてオーダーしたあと、俺は「あ」とふと思い出して、向かいの先輩を見た。
「そうだ、先輩。ペットのことなんですけど」
「言っとくけど、凪くんの選ぶ、心愛ちゃんみたいな小動物は飼わないわよ」
　即答で返されてしまった。
　よほど、ペットショップで俺が放った言葉が気に食わなかったらしい。

なんだかおかしくて、俺は「違いますよ」と少し笑った。
「林んとこの猫が、子猫を産んだらしくて。いまもらい手を探してるみたいですよ」
「子猫？」
「白いペルシャ猫なんです。写真見ますか？」
　サト先輩がうなずいたので、スマホを取り出した。
　指で操作して画像を表示すると、サト先輩に見えるようにスマホの向きを変える。
「すげーかわいくないですか？」
　俺の動物好きを知っている林が送ってくれた写真。
　ふわふわした真っ白な長毛が特徴的な数匹の子猫が、おだやかな表情で眠る姿がおさまっている。
　これは見てるだけで、マジで癒やされる。
　心愛みたいに。
　いや、別に、だからサト先輩にすすめたわけじゃないけど。
「ほんと、かわいいわね」
「ですよね。サト先輩、気に入ると……」
「そうじゃなくて。笑っている凪くんがかわいいって言ったの」
　頬杖をついてくすりとほほ笑み、俺を指差すサト先輩。
「無邪気な子どもみたい。ほんとに動物好きなのね」
　いつもなら、怒るところだ。
　かわいいなんて言われても、男としてはまったくうれしくない。

けど、そんな表情をしていたことを指摘されたせいで、わずかに顔が熱くなった。
「あら？　照れてるの？」
「……違います」
「ふうん、顔赤いわよ？　そんな凪くん、初めて見たわ」
　余裕っぽい妖艶な笑みを浮かべて、俺を見つめてくるサト先輩。
　なにか言い返そうとしたけど、予想外の展開に、とっさに言葉が出てこない。
　なんか……やばい。
　いきなり、ペースが乱されてるかもしれない。
　ちょっと落ちつけ、俺っ。
「それより。……どうします？　もらってやってくれますか？」
「ん～、そうね。もう一度見せてくれる？」
　サト先輩はそう言って、わざと俺の手にふれてスマホの画面をのぞき込んだ。
　意識しすぎかもしれないけど、一応好意を寄せてくる相手からふれられるのははばかられて、手を引っこめようとしたとき。
　突然、サト先輩が俺の手を覆ったまま、ずいっとこちらに顔を近づけてきた。
「凪くん、気づいてる？」
「……はい？」
「心愛ちゃん、少し私たちのこと気にしてるみたいよ」

「えっ」
　つい見渡しそうになって、思いとどまる。
　心愛、超がつくほど鈍感なのに、こんなにすぐに俺たちに気づくなんて思わなかった。
「お待たせしました」
　やってきたウェイトレスが、注文したケーキと紅茶をカチャリとテーブルに置いた。
　俺の手からぱっと手を離したサト先輩は、ほほ笑みながら紅茶を飲む。
　そしてちらりと、俺に目くばせしてきた。
「先輩。心愛、嫉妬してる感じでしたか？」
「さあね。……なんだか心愛ちゃんの様子を見たら、楽しくなってきちゃったかも」
　それはどういう意味で？
　サト先輩の笑顔に疑問を抱きながらも、運ばれてきたケーキをひとくち食べる。
　ん。
　うまい。
「このカフェのケーキ、けっこういけますね」
「ふふ。そういえば、凪くんって甘党だったわよね」
　サト先輩はおかしそうに言って、ことりと紅茶を置いた。
「男が甘いもの好きだとだめですか？」
「そんなことないわよ？　凪くんならかわいいもの」
「……男にかわいいなんて言わないほうがいいですよ」
　この前も、心愛に言われた気がする。

言われるほうとしては、まったくいい気がしないのに。
まあ、心愛なら許せるけど。
「思ったことをそのまま口にしただけよ」
悪気なんてみじんもないというようなサト先輩の言葉にちょっとムッとしつつ、フォークにのせたケーキを口に運ぼうとした、そのとき。
こちらに身を乗り出したサト先輩に、グイッとその手を引っ張られて。
気づけば、ケーキはサト先輩に食べられていた。
ぺろり、と赤い舌で唇をなめるサト先輩が、上目遣いで俺を見上げてくる。
「……ねえ、凪くん？ いま、ちょっとどきどきしてるでしょ？」
「……っ」
「私の勝ちね」
勝ち誇ったように笑うサト先輩に、反論しようとしたときだった。
——ガタンッ！
静かなカフェの空間に、明らかに目立つ音が響いた。
反射的にそちらに顔を向けると、視界に入ってきたのは、立ち上がっている心愛だった。
……心愛？
そう思いながら首をかしげると、そっと顔を上げた心愛と視線がぶつかる。
なにかを耐えるみたいな表情をして、心愛はカフェを飛

び出していってしまった。
「心愛っ」
　心愛……。
　あの反応は絶対、いまの見てたよな。
　ハッとしてサト先輩のほうに顔を向けると、「してやったり」といたずらを成功させた子どものように楽しそうに舌を見せた。
「……先輩っ、いまのわざと！」
「だって心愛ちゃんが私たちを見て悲しそうにしてるから、楽しくなったんだもの」
「先輩！」
「いいじゃない、どうせいまから凪くんが追いかけるんだから。早く行ってあげたら？」
　いい先輩なのか、悪い先輩なのか。
　いや、まちがいなく後者だと思うけど。
　……でもそれを言えば、俺もいますげー悪い男だよな。
「あ、凪くん。林くんにいまからここに来てって連絡してくれない？」
「え」
「ペルシャ猫、もらい手になろうかと思うの。あとケーキ代も彼におごってもらうから」
　男を惑わすような笑みを見せるサト先輩。
　俺は立ち上がるとすぐに、「わかりました」と告げて、カフェを出て心愛を探しに行った。
　心愛が走っていった方向を追っていると、スマホが震え

て、舞香からのメールが届いた。
【嫉妬させるのはいいけど、泣かせたら許さないから】
「……だよな」
　つぶやいたとき、人気のない休憩所の近くに心愛を見つけた。
　立ち止まって、深くうつむいている。
「心愛！」
　その小さな背中に声をかけると、びくりと肩をはねさせる心愛。
　ゆっくりとこちらを振り返った心愛は、涙目だった。
「なっ、凪くん……っ？」
「心愛、ごめん」
　歩み寄ってすぐに抱き寄せると、「え……？」と心愛が涙のたまった瞳で俺を見上げる。
　あんなに嫉妬させたかったのに。
　心愛のこんな悲しむ顔を見た瞬間に、そんなことを考えていた自分を悔やんだ。
　それと同時に、心愛がちゃんと妬いてくれたことに対してほっとする俺は、やっぱり悪い男なのかもしれない。
「ごめんな、心愛」
「ど、どうして凪くんが謝ってるの……？」
　ちょっと迷ったけど、わざと妬かせたことを正直に話した。
　黙って聞いていた心愛は、俺が話し終わると、小さく頬をふくらませていた。

……その表情は、やばいって。
　かわいすぎ。
　今日見たペットショップのどの動物よりもかわいい。
　もちろんサト先輩なんかよりも、断然。
「な、凪くんのばか……っ」
「ほんとごめん。ちょっと妬かせるつもりだったんだけど」
「ちょっとどころじゃないよっ！　私、ほんとに、すごく悲しくて……」
　心愛の震える声が、だんだんとフェードアウトしていく。
　怒ってるけど、それ以上に悲しそうな声。
　頭を優しくなでて「ごめん」ともう一度謝ると、心愛は俺のジャケットをぎゅっと強く握った。
　そしてまた、おずおずと俺を見上げて。
「も、もうっ……私以外の女の子とふたりきりになっちゃやだよ……っ」
　涙で潤んだ瞳が、俺だけを映し出す。
　心愛が遠慮気味に口にしたのは、小さな独占欲のしるし。
　ほんと、なんでこんなにかわいいんだよ、こいつ……。
「わかった。……じゃあ、俺からもひとつ」
「へ……？」
「そういう表情見せんのは、俺だけにしろよ」
　涙目の心愛にほほ笑んだ俺は、愛しくてたまらない恋人をもう一度優しく抱きしめた。

甘いセカンドキス

【凪side】

週明けの月曜日。

教室に入って自分の席にかばんを置いた俺のもとへ、林が飛んできた。

机にばんっと両手を置いて、俺をまっすぐに見すえる林は、いままで見たこともないような真剣な表情を浮かべていて。

「おい！ 凪！」
「あ。ケーキ代、わりい」
「そんなのどうでもいいんだよ！」

どうでもいい？

絶対、怒ると思ってたのに。

ちょっと驚いて林を見ると、いきなりぐっと両手をつかまれた。

「……なにやってんの？」
「おまえは最高の親友だ!!」

……は？

どうしたのこいつ。

いつも以上にうっとうし……うん、うっとうしい。

見れば、至極まじめな顔をした林の目は、なぜかきらきらと輝いていて。

「いきなりなんだよ」

「サト先輩のことだよ！ おまえのおかげでサト先輩とお近づきになれたんだよーっ‼」
　そう大きな声をあげる林は、いまにも飛び跳ねそうなテンション。
　へえ。
　こいつ、サト先輩のこと好きだったんだ？
　それなら、いいことしたのかもしれない。
「今日の放課後、俺んちに来るんだよ！ あのサト先輩が！」
「よかったじゃん」
「ああ！ しかも子猫の名前、リンにしようかなって言ってたんだぜ！」
「リン？」
「俺の苗字が由来だって！」
「……それは……」
　絶対、おもしろがられてるような……。
　心の底から舞い上がっている様子の林に、苦笑がもれた。
　それと同時に、サト先輩の妖艶な、男を誘うようなほほ笑みを思い出す。
　林がサト先輩のことを好きなら、とくに口出しするつもりはないけど……。
　でも、先輩、林よりは確実に数段上手(うわて)だし。
　林がたぶらかされたりしないかどうか、ちょっと心配になる。
　……なんて、そんな俺の心配は無駄だったらしく。

ちぐはぐな性格のはずのふたりはそれから両想いになって、無事付き合うことになるんだけど。

《男の子に校舎裏に呼び出されちゃった。話はすぐに終わるって言ってたから、どこかで待っててほしいな》
　ホームルームがもうすぐ終わる頃。
　受信したメッセージは、心愛からのもので。
　いい加減、呼び出しイコール告白だって気づけよ！
　ほかの男とふたりで話す時間を、俺がおとなしく待ってると思ってんの？
「きりーつ、れー」
　やる気のない号令がかかったあと、俺はかばんをひっつかんですぐに教室を出た。
　靴箱で靴を履き替え、向かうのはもちろん校舎裏。
　見ると案の定、そこにあったふたつの人影は心愛と名前も知らない男子のもの。
「心愛」
　心愛の名前を呼ぶと、「えっ」と驚いて振り返る、心愛。
　そんな彼女をうしろから抱き寄せて、俺は前にいる男子をにらんだ。
「さ、坂野くん！」
　俺と目が合うと、そいつは慌てふためいた。
「心愛は俺のなの。わかってる？」
「な、凪くん？」
「ち、違うんだっ。奪おうとしてるんじゃなくて！　ただ、

僕の気持ちを……」
　奪おうとしてるんじゃないって、当たり前だろ。
　俺からこいつを奪えるわけねえし。
　ずっと想いつづけて、やっと手に入れた、大事な幼なじみなんだから。
　こいつだけは渡さねえよ、誰にも。
「す……すみませんでした！」
　気の弱そうな男子はそう謝ると、あせった様子で俺たちの横を通りすぎ、走りさっていった。
「あれ……？　結局、なんの話だったんだろ？」
「心愛はわかんなくていいんだよ」
　首をかしげる心愛に、抱きしめたままそう言えば、心愛は俺を見上げて、「そっかあ」と穏やかに笑った。
　マジで小動物みてー。
　かわいすぎるっつーの。
「なあ、心愛」
「どうしたの？」
「心愛に、すげーキスしたい」
「……えっ？」
　ぎゅ、と心愛の体にまわした腕の力を強める。
　びっくりした声になにも返さずにいると、心愛が息をのむのがわかった。
「……あのときは、無理やりキスしてごめん」
　いま、心愛が思い出しているであろうことを、小さく口にする。

怖かったよな、絶対。
　　いきなりあんなことされて。
　　また後悔の念にさいなまれていると、心愛は俺の腕にそっと手を添えて。
「凪くん……。ど、どうしてあのとき、その、キスなんてしたの……？」
「……気づいたらしてた」
「えっ」
「心愛のことが好きだったから、なんか……本能的に」
　　鈍感な心愛に話しているとはいえ、けっこう恥ずかしい。
　　でも、まちがってない。
　　怖がらせようとしたわけじゃないんだよ。
　　心愛のことが好きじゃなかったら、あんなことしない。
「……ごめん」
　　また謝ると、しばらくしたあと、心愛がくすっと笑ったのがわかった。
「凪くん。離して？」
「なんで？」
「凪くんの顔、見たい」
　　腕の拘束をといてやると、心愛は俺のほうを向いて、優しくほほ笑みかけてきた。
「凪くんが私のこと好きって言ってくれて、すごくうれしいっ」
　　まるで俺を安心させるみたいに、純粋な笑顔を浮かべる心愛。

「……じゃあ。心愛は俺のこと、好き?」
「えっ!　……す、好きだよ?」
　小さくほほ笑み返して聞いてみると、心愛は頬を赤らめ、はにかみながらも答えてくれた。
　……きゅん死させる気か、こいつ。
　思わずまた抱きしめようとしたら、その前に、心愛がぎゅうっと俺に抱きついてくる。
「あ……あのね。私、いいよ?」
「心愛?」
「……き、キスするの、いいよ。いま、私たち以外、誰もいないしっ……」
　俺の胸に顔をうずめたままの心愛の、消え入りそうなくらい小さな声。
　恥ずかしそうにして、顔をこちらに向けない心愛の耳は真っ赤に染まっている。
　かなり勇気を出してくれたらしい。
　俺に応えようとしてくれる心愛が、すげー愛しくて。
「心愛。顔上げて?」
　赤く色づいた耳に唇を寄せて、そっとささやいた。
　ゆっくりと顔を上げて俺を見あげる心愛は、やっぱり真っ赤になって瞳をうるませている。
「……っえ、えっとね」
「ん?」
「や、優しく、してね……?」
　俺はその言葉にちょっと笑って、心愛の頭に手を添える

と、顔を傾けてその唇を奪った。
　言われたとおりに、とびきり優しく。
　角度を変えながら、何度もキスを降らせていく。
　心愛には少しハードルが高いかもしれないけど、止められなくて。
　しだいに息を上げる心愛が、この上なくかわいすぎて、歯止めが利かなくなる。
「んっ……」
「かわいい、心愛」
「な、ぎ……くんっ……」
　呼吸をうながしながら、キスの波に溺れさせていく。
　深いほうのキスもしたくなったけど。
　たぶん混乱させるだろうし、いまはこれで十分かもしれない。
　いまは心愛が、キスを幸せなものだと思ってくれれば、それで。
「凪くんっ……も、もう……っ」
「ん、もう限界？」
　いまにもくずれ落ちそうな心愛の体を、俺は引き寄せて支える。
　何度もキスすれば力も抜けるよな。
　心愛、全然慣れてないんだし。
　だからこれから俺が、ゆっくり慣れさせていけばいい。
「っ……と、溶けちゃいそうだった……」
「キス、そんなによかった？」

「そっ、そんなこと！」
　顔を真っ赤にさせた涙目の心愛が、笑った俺を見上げる。
「そ……そんな恥ずかしいこと、言わないで……」
　つまり、肯定でいいんだよな。
　態度が素直すぎ。
　どこまでかわいいことすれば気がすむんだよ。
「もう1回、する？」
「も、もう今日はいいっ……」
「じゃあ、明日はいいんだ？」
　わざと意地悪な口調で、そう問いかけてみると。
　心愛はまた俺の胸に顔を押し付けながら、こくん、と小さくうなずいた。
「だ、誰もいないとこでなら……い、いいよ」
　弱々しく落とされたた心愛の言葉は、ちゃんと俺の耳に届いて、不覚にも少し顔が熱を帯びた。
　見せつけるのもいいけど、俺もやっぱり、ふたりきりのときがいいかも。
　……だって、こんなかわいすぎる心愛を見られるのは、彼氏である俺だけの特権だから。

幼なじみと甘い恋

　1ヶ月後。
　お弁当を食べ終えた、お昼休み。
「ええっ！　栗原くん、風邪なの!?」
「らしいわよ。ばかは風邪ひかないっていうのにね」
　スマホを触りながら、紙パックのコーヒーを飲む舞香ちゃん。
　その横でレミちゃんが、「弘樹くんも風邪ひくんだね〜」とデザートのりんごを食べながら言った。
「食欲ないって言うんだけど。なに持っていけばいいと思う？」
「うーん。食欲ないんだったら、ゼリーとかかなあ？」
「舞香ちゃんせっかく料理できるんだし、おかゆ作ってあげなよ！」
「なんであいつのために、おかゆなんて作んなきゃなんないのよ」
　舞香ちゃんはレミちゃんの提案に顔を引きつらせて、スマホをしまった。
　レミちゃんは、それににやりと笑う。
「とか言って。当たり前みたいに、お見舞い行ってあげる予定立ててるじゃーんっ」
「はあ!?　当たり前じゃないわよ！　あいつが来いってうるさいから！」

「それで素直にしたがうなんて、舞香ちゃんかわいすぎでしょ！」

なにか言い返すかと思ったけど、舞香ちゃんはかあっと顔を赤くさせた。

わわっ！

かわいい！

舞香ちゃんが照れてる！

「別に、それは……っ」

そのとき、また舞香ちゃんのスマホから着信音が流れる。

相手はやっぱり栗原くんだろうな。

この1ヶ月で、栗原くんに対する舞香ちゃんの態度が、とても変わった。

なにがあったのか詳しくはわからないけど、急激に仲よくなってるみたい。

この前、舞香ちゃんにそう言ったら、なぜか怒られちゃったけど。

そういえば、倉庫に閉じ込められたときも、栗原くんと舞香ちゃん、いっしょにいたっけ。

うれしいなあ。

ふたりの間の険悪な雰囲気が消えてよかった。

「いいなあ。ふたりともリア充してて！」

「りあじゅう？」

「恋人がいて、毎日が充実してるってことだよ！」

「なに言ってんのよ、レミ！　私、誰とも付き合ってないんだけどっ」

恋人がいて、毎日が充実してる。
　それが当てはまる私はとっても幸せだ。
　レミちゃんと舞香ちゃんの言い合いを聞きながら、大好きな幼なじみ兼彼氏のことを思い浮かべた私は、ふふっと笑いをこぼした。

　放課後、凪くんの教室に向かう私。
　最近、凪くんが私の教室まで迎えに来ないときは、ほとんど女の子に引き止められているのが理由だ。
　そういえば、休み時間にクラスの女の子たちも話してたなあ。
　凪くん、またさらにかっこよくなったって。
　自分の彼氏が褒められるのはすっごくうれしいことのはずなのに、どうしてほんのちょっとだけ複雑な気分になっちゃうんだろう。
　私ってもしかしてすごく心が狭いんじゃ……なんて不安に思いつつ、やや急ぎ足で階段を下りたとき。
「お、かっわい〜っ」
「あの子、１年の佐伯心愛ちゃんじゃん！」
　前からやってきた、先輩と思われるふたりの男の人が、私の名前を口にした。
　どうして私の名前を知ってるんだろうと、その場に立ち止まる。
　不思議に思っていると、先輩ふたりは私のそばに歩み寄ってきた。

ふたりとも体格がよくてとっても背が高い。
　凪くんも高身長だけど、面識のない相手だからか、凪くんには感じない威圧感みたいなものがあって。
　ちょっと……怖い、かもっ……。
「うわっ、噂どおりめっちゃかわいい！　さすが学校一の美少女じゃん」
「俺、この子タイプかも〜」
　突然、先輩のひとりが私の腕をつかんできた。
　びくりと体が強張って、おびえた顔で相手を見あげてしまう。
「えっ……あ、あのっ……？」
「オイオイ、やめとけよ〜。この子、凪の彼女だぜ？」
「いいじゃん、いいじゃんっ。先輩には逆らえねえだろ」
「──俺の彼女に手出したやつは、先輩だろうと遠慮なく殴りますけど？」
　先輩の背後から、ふいに聞こえた低い声。
　大好きな凪くんの声だって、すぐに気づいた。
　凪くんは先輩ふたりに、にっこりと綺麗な笑顔を見せて、首をかしげた。
「その手、心愛から離してもらえます？」
「ちぇっ。見つかっちゃったか〜」
　先輩はおどけたようにそう言うと、私の腕からぱっと手を離す。
　無意識にほっとする。
　凪くんが来てくれてよかった。

凪くんはやっぱり、私のヒーローだ。
「凪、怒らせるとこえーからなあ。おい凪、その子大事にしろよ！」
「言われなくても、大事にしてます」
　じゃーな、と手を振る先輩ふたりの背中をにらみつける凪くん。
「凪くん？　いまの先輩たち、知り合い？」
「サッカー部の２年だよ。林が仲いいからそのつながりでたまに話すだけ」
「そうだったんだ……」
「つーか気安く心愛にさわりやがって、マジでムカつく。しかもかわいいとか言いやがって……。んなの俺がいちばんよく知ってるっつーの」
　ど、どうして凪くん、そんなに怒ってるんだろう。
　それにたぶん、かわいいっていうのは……。
「凪くん。先輩たちが言ってたのは、制服がかわいいってことだと思うよ！」
「……あのな。おまえはほんっと、もっと自分の容姿を自覚しろよ」
「へ？」
「あーもー……そういうとこも、かわいいけど」
　凪くんの言葉の意味がわからなくて、首をかしげたら。
　私の髪を優しくなでて、そのまま顔を近づけてきた凪くんに、ちゅ、と唇を重ねられた。
「……んっ！」

ふれた瞬間、すぐに唇は離れたけど。
いきなりだったから驚いて、それから顔がじわじわと熱くなる。
び……っ、びっくりした！
凪くん、不意打ちはずるいよ……！
「凪くん、なんで突然キスなんてっ」
「したくなったから。悪い？」
「……っ」
いたずらする子どもみたいに、笑って顔をのぞきこんでくる凪くん。
すぐ近くで視線が絡んで、きゅんって胸が高鳴った。
「わ……っ、悪くはない、よ。ひ、人もいないし……」
もっと顔が赤くなった気がして、ぱっと凪くんから目をそらす。
うう。
ほんとに凪くん、とってもかっこよくなってる。
どきどきおさまらないし……ずるいよっ。
「そっか。じゃあ、もう1回」
「えっ……！」
いいなんて言っていないのに、また近づいてくる凪くんの顔。
だけどそれを拒むなんて、私にできるわけがなくて。
……ねえ。
凪くん、気づいてる？
私が凪くんのこと、こんなに大好きだって。

女の子から何度も告白されてるって、私、知ってるよ。
　レミちゃんが教えてくれたんだけど。
　でも、そのたび嫉妬しちゃうくらい、凪くんのことが好きなんだよ。
　なんだか、私ばっかり凪くんのことが好きみたいで、ちょっとやだ。
　私がどきどきしてるときだって、いつも凪くんは余裕そうなんだもん。
　私だってもっと……凪くんに、夢中になってほしいよ。
　もっと私のことで、頭の中をいっぱいにしてほしい。
「……凪くん」
　ずっとずっと大好きだった、幼なじみの名前を呼んで。
　私は凪くんの頬に手をやって、精一杯背のびした。
　ちゅっ、て初めて私からキスをすると、凪くんは目を見開いて私を見る。
　その頬がわずかに赤くなったのがわかって、うれしくて私が笑ったら。
「っ、……ずるいな、おまえ」
　ちょっとムッとしたように、私の背中に腕をまわしてきて、まるで仕返しみたいに、キスの雨が降り注いだ。
　甘くて優しくて、すっごくどきどきして。
　だけどとっても安心する、まるで私たちの恋みたいなキス。
　大好きだよ、凪くん。
　いままでも、いまも、これからも。

だからずっと、そばにいてね。
幼なじみとしてじゃなくて、恋人として……。
これからもずっと――……。

番外編1
もうひとつの恋

☆ ☆ ☆ ☆ ☆ ☆ ☆
彼女になんてならないけど
本気なら、ちゃんと伝えてよ。
☆ ☆ ☆ ☆ ☆ ☆ ☆

好きって本気だよ

【舞香side】
「まーいかちゃん」
「……」
「舞香ちゃーん」
「……うるさい。静かにできないなら帰って。っていうか静かにできても帰れ」

　放課後の図書室は、いつも自主学習に励む生徒の姿がちらほらと見受けられる。

　私もそのうちのひとり。

　図書室には穏やかな空気が流れていて、静かだから勉強にはもってこいな空間。

　……な、はずなのに。

「帰れなんてひどいじゃん、舞香ちゃーん」

　さっきからとなりでさわがしいチャラ男のせいで、全然集中できない。

　さわがしいと言っても声は抑えているけれど、私にとっては雑音でしかなかった。

　はあ、とめいっぱいイラ立ちを込めたため息を吐き出し、参考書をぱたんと閉じる。

「あれ？　勉強やめんの？」
「誰のせいよ」
「ごめんごめん、かまってほしくてつい。帰り送るから許

して?」
　悪びれもせずに顔の前で手を合わせて許しを乞う栗原。
　勉強道具をかばんの中にしまいながら、目を細めてにらみつける。
「いらない」
「そんなこと言わずにさあ。世の中、ほんっと物騒なんだよ。舞香ちゃんかわいいから、ひとりで帰すなんてできないって」
「……」
　なにが"かわいいから"よ。
　ばっかじゃないの。
　その陳腐なセリフ、いままで何人の女の子に使いまわしてきた?
「ふざけんなチャラ男」
「ふざけてないって。とにかく心配だから、送らせてよ」
　カタンとイスを戻して図書室を出ると、案の定、栗原もいっしょについてくる。
　なんなのこいつ。
　ほんっとムカつく。
　私にかまわないでほしい。
「栗原って、なにがしたいの?」
「舞香ちゃんのハートを奪いたい」
「さむっ!　鳥肌たったわ、無理に決まってんでしょ。っていうか心愛のことはどうすんのよ」
　冷気のただよう廊下を栗原とふたりで歩く。

こんなやつと歩きたくないけど。
どっか行けこいつ。
「心愛ちゃんはもう凪くんのものになっちゃったじゃん。あのふたりにつけ入る隙なんてないし、さすがの俺でも横恋慕はつらいからさ」
「あっそ」
　1週間前、心愛と坂野くんがやっと付き合いだした。
　結局本気だったのかは知らないけど、栗原は心愛のことをあきらめたらしい。
　まあ、本気だったとしても心愛は坂野くんを選ぶと思うし、賢明な判断ね。
　……栗原もきっとそれがわかっていたから、仲たがいしたふたりを倉庫に閉じ込めよう、なんて突拍子もないことを言い出したんだろうけど。
　ちょうど1週間前のお昼休みのことだ。
　いつも通り心愛の席へ行くと、そのとなりの栗原に『舞香ちゃん、俺といっしょに過ごさない？』と無駄にへらへらした笑顔で誘われた。
　もちろん、はじめは即答で断ったけれど。
『坂野くんと心愛ちゃんを仲直りさせてあげたくて』
　そう耳打ちされれば、話を聞いてやるしかなくなる。
　仕方なく『わかった』とうなずき、ついていった空き教室で、栗原の計画を聞いた。
『なんでわざわざ倉庫？　教室でもいいんじゃないの』
『倉庫のほうが確実に話せると思わない？　暗がりで無言

だと心愛ちゃん怖がりそうだし、自然と近い距離で会話する流れになるかなって。相手の顔も見えづらいから、本音を引き出しやすいだろうし』

　まあ一理あるかと、そこは素直に納得した。

　私が体育委員だったこともあり、それからどうにかこうにか体育の先生をまるめこんで倉庫の鍵を拝借し、計画を実行したわけだ。

　いま思えば、わざわざ倉庫なんかに閉じ込めなくたって、あのふたりにはきっかけさえ与えれば簡単に仲直りできただろうけど。

　栗原がそんな繊細な心理効果まで視野に入れて考えていたことは、正直意外だった。

　転校初日から心愛のこと怖がらせてたくせに。

「……栗原って、案外、心愛のことよく見てたのね」

「えっ、なにそれ。舞香ちゃん、嫉妬でもしてんの？　やだなあ。俺、いまは舞香ちゃん一筋だよ」

「1回地獄に召されてみたら？」

「その冗談笑えないね」

　なんて言いながら、栗原はムカつくくらいに笑顔を絶やさない。

　私がこんなに攻撃的な言葉ばかり吐いてるのに、頭に来ないのだろうか。

　やっぱりこいつ、ドMなのかも……。

「近よらないでドM」

「舞香ちゃんにとって俺ってなんなの？」

「プレイボーイでチャラくてドM」
「あははっ!」
　なにもおもしろくないわ。
　なんでこいつって、いつも笑ってるの?
　やっぱりばかみたい。
「言っとくけど、私を落とそうとしたって無駄よ。ほか当たりなさいよ」
「やだよ。舞香ちゃんじゃなくちゃ」
　……ムカつく。
「絶対お断り」
　ひと言で一蹴して、私は歩くペースを速めた。
　けれど栗原のほうが背が高いので、苦にもならないようですぐに追いついてくる。
　あーもー、ほんっとムカつく!
「舞香ちゃん、待ってよ」
「いや」
「なんで怒ってんの?」
　ぐっと肩をつかまれる。
　それを拒絶しようと動かした手は、大きな手に覆われて。
　——うしろから抱きしめられるような体勢になった。
「っ、セクハラ!」
「こうでもしなくちゃ、舞香ちゃん俺のこと意識してくれないじゃん」
「また気絶させられたいの!?」
「あはは。あのときと同じ手はくらわないよ」

怒りがこみあげてきて、ぐっとこぶしを握る。
そのとき、階段のほうから生徒の声が聞こえた。
やばい！
「離して！　誰か来る！」
危機を感じてバッとうしろの体を払おうとしたら、その前にすぐ解放された。
あっけなく体から離れた腕。
「……っ」
こんなやつの、近くにいたくない。
体が自由になったと同時に、私は栗原を置いてすぐに逃げた。
私の名前を呼ぶ栗原の声が聞こえたけど、フルシカト。
「なんっなのよあいつ！　階段から落ちて気絶すればいいのに！」
憤りを言葉に変換しながら、階段を下りていった。
少し乱れた息を整えることもなく、靴箱で靴を履き替えると、生徒玄関を出る。
あいつが追いついてくる前に帰ってしまおうと、足早に歩く。
けれど、私は正門前でふと足を止めた。
「あの……っ、すみません！」
誰かを待っているのか、正門の近くに立っていた女の子に、声をかけられたから。
見たことのない制服。
ここ周辺の高校の子じゃないみたい。

ひかえめな性格のようで、遠慮がちに私を見上げてきた。
つぶらな瞳が不安そうに潤んでいる。
「あの……栗原弘樹って、知ってますか？」
「……は？」
タイミングが悪すぎる。
よりによっていまその名前を聞くなんて。
思わず低い声で返してしまい、彼女はビクッと体をはねさせた。
そのとき。
「舞香ちゃん！」
さらに悪いタイミングで、いま、私を最高にイラつかせている張本人が追いついてきた。
私のそばにやってきた栗原を見て、女の子が「あ……」と声をあげる。
栗原は女の子に気づくと、とたんに笑みを消して目を見開いた。
「え。……そ、ソラ？」
「ひ、久しぶり。弘樹くん……」
「なんでソラが、ここに……」
初めて聞いた、栗原の困惑した声。
初めて見る、驚きと悲しみが交ざったような複雑な表情。
……なに？
転校前の学校の友だち？　……彼女？
こいつなら、ありえなくないはず。
むしろありえないといけない域かも。

「い、いきなり来て、ごめんね。私、弘樹くんに言いたいことがあって……。あのとき私から別れようって言ったのに、むしがよすぎるけど……」
　やっぱり元カノみたい。
　だからって、私にはなんの関係もない。
　無関係なのに、修羅場に巻き込まれるなんてごめんだわ。
　そう思った私は、首をつっこまずにふたりを置いて家へ帰ろうとした、のに。
「待って、舞香ちゃん」
　相手の女の子に対しては黙ったままのくせに、私の手をつかんでくる栗原。
　思いきりにらみつけるけど、栗原はつかむ力をゆるめない。
「送るから待ってて」
「いやよ。部外者がそばにいると、その子も話しにくいじゃない」
「そっか。……じゃあ、ソラ」
　わずかに変わった声色で、栗原は女の子を呼んだ。
　女の子は恐る恐るといったふうに、栗原を見る。
「連絡先、いまも変わってない？」
「う、うん……」
「じゃあこのあと連絡するから。今日は帰って」
　なっ……！
　なんで、そうなるのよ！
　いつもクラスの女子に優しく接している栗原を見ている

からか、そのそっけない対応に耳を疑う。
　わざわざ元カノが会いに来たのに。
　私なんかより、そっちを優先するべきじゃないの？
「わかった。ごめんね……。いきなり来ちゃって、迷惑だったよね」
　女の子は潤んだ瞳で栗原を見上げると、きびすを返して走っていく。
　それを見送る栗原は、少し悲しそうな表情で。
　未練があるのかと思った私は眉をひそめて、栗原を見た。
「ばかじゃないの？　さっさと追いかければいいのに」
「舞香ちゃんをおいていくわけにはいかないじゃん」
「意味わかんない。女を泣かせるなんて最低ね」
　栗原に罵声をあびせて、私は帰路についた。
　なのに栗原はかまわずに、私のとなりに並んでくる。
「……ねえ、舞香ちゃん。わかってる？　俺、舞香ちゃんのこと好きなんだよ？」
「勝手に言ってて」
　いつになく真剣な声だった。
　それは十分わかっているけれど、それが真意だなんて思わない。
　転校初日に心愛を気に入った、なんて言うような男だ。
　ひと目惚れというものを信じていないわけじゃない。
　ただ全体的に軽いやつだと思ったから。
　そんなイメージが焼きついたいちばんの要因は、心愛を好きになったはずのその日に、保健室でこいつにキスされ

たことにある。
　だからこの男の吐く"好き"なんて、真に受けるほうがばかばかしい。
　本気じゃない言葉にだまされるほど、私は乙女なんかじゃないから。

　次の日、土曜日。
　心愛とレミとショッピングに行ったあと、偶然、栗原の元カノとばったり会った。
　そしてなぜかはわからないけれど、「このあと時間ありませんか？」とたずねられ、ことわる理由を持ち合わせていなかった私はそのまま彼女と近くのカフェで話をすることになった。
「弘樹くんとは、幼なじみだったんです」
　窓際の席で、人が行き交う外の様子を見ながら、向かいの女の子が話す。
　幼なじみ、ね……。
　それを聞くと連想されるのは、心愛と坂野くん。
　栗原にも、そういう存在がいたらしい。
「私たち、もの心ついたときから、ずっといっしょにいたんですけど……」
　人気の高い栗原のそばにいることで、女子からの風当たりが強かったこと。
　ほかに好きな人がいたにもかかわらず、『必ず守る』と言ってくれた栗原に甘えて、付き合うことにしたこと。

けれどそれがかえって、いやがらせを悪化させる結果につながってしまったこと。
　精神的に追い詰められて別れを告げたこと、好きだった生徒会長がいやがらせをやめさせてくれたこと、その人と付き合いはじめたこと。
　それをきっかけに——栗原が、人が変わったように女遊びをするようになったこと。
　ゆっくりと事情を話す彼女は、よほど辛かったのか次第に目に涙をためていく。
　私は頬杖をつきながら、黙って聞いていた。
　心愛たちからの相談ならまだしも、こういうの、あんまり得意じゃないんだけど……。
「……つまり。栗原をフッてちがう男と付き合い始めたけど、やっぱり栗原がいいって思ってよりを戻そうとしたわけね」
「は……はい……」
　言い方がきつかったのかもしれない。
　彼女はぽろっと涙をひと粒こぼした。
　でも、よくあいつとやり直したいなんて思ったわね。
　幼なじみの自分なら更生させられると思ったのかしら。
　女遊びをはじめる前の本来の栗原がどんなやつだったかなんて知ったことじゃないけど、あいつにつきまとわれなくなるなら私としては大歓迎だわ。
「で？　昨日、栗原と連絡取ったんでしょ。どうだったの」
「……舞香さんのことが好きだから、やり直すことはでき

ないって……」
「はあ？」
　おずおずと答える女の子に、私は眉をひそめた。
　なんであいつ、私を断るダシにしてるわけ？
　冗談じゃないわよ！
「そんなわけないでしょ！」
「えっ……？　そ、そんなわけない？」
「当たり前じゃない。こっちはからかわれて迷惑してんのよ。いい加減にしてほしいわ」
　ため息をついてコーヒーを飲むと、女の子は必死に首を振った。
「か、からかってるわけじゃないと思いますっ！」
　勢いのあまり、ガタンと立ち上がる彼女。
　私は思わず目をまるくする。
　それを見て正気に戻ったのか、「あ……」とこぼして女の子はイスに座り直した。
「ひ、弘樹くんは……たしかに、軽い人に、なっちゃったかもしれないけど……。でも、少なくとも自分に興味ない相手に、冗談で"好き"なんて言わない人です」
「私は実際に言われてるのよ」
「ううん。弘樹くんは舞香さんのことがちゃんと好きなんです」
　思いのほか、きっぱりと断言された。
　告白されたみたいに、なんだかちょっと顔が熱くなる。
　栗原が？　私を？

……ありえない。
「それで……舞香さんに、聞きたいことがあるんですけど」
「聞きたいこと？」
「舞香さんは、弘樹くんのこと……」
「——ソラ、ストップ」
　女の子が緊張した面持ちで質問しようとしたとき。
　いつの間にか彼女の背後に立っていた栗原が、制止をかけた。
　タイミングがいいのか悪いのか。
　どちらにせよ、私にとってはかなり都合が悪い。
「弘樹くん……」
「その質問は俺がさせてもらうからだめ」
「そ、そっか。そうだよね、ごめん」
　慌てたように納得して、栗原に眉を下げて笑う彼女。
　それに対して栗原もほほ笑む。
　昨日とはちがう、栗原の元カノへの対応に、密かにほっとした。
「舞香ちゃんもらってくね」
　栗原はテーブルに千円札を置くと、私の手をとってカフェを出た。
　抗わずにおとなしくついていくのは、さっきの彼女に言われた言葉が頭を巡ったせい。
　ほんとにこいつが私を好きなら。
　そうだとしたら……。
「……なんで、あんたが代金払ってんのよ」

「かっこよくおごろうと思って」
「かっこいい要素がないわ」
　いつもどおり毒を吐くと、栗原は振り返って笑った。
　さぐるようにその表情をじっと見つめる。
　そしてわずかに緊張しながらも平然をよそおって、私は口を開いた。
「さっきあんたの元カノに、いろいろ聞いたんだけど」
　過去のことを尋ねようかと、一瞬思った。
　だけどいま、重要なのはそこじゃない。
　栗原の過去なんて、私にとっては心底どうでもいい。
　いまは目の前にいる栗原が、なにを思って、こうして私の手を取っているのか。
　それだけが……ほんの少しだけ、知りたくなった。
「栗原ってほんとに私のこと、好きなの？」
　冗談半分、本気半分でそんな質問を投げかける。
　ずいぶんいまさらにも思える私の問いかけに、栗原がぴたりと立ち止まった。
　心臓が否応なく、大きく反応した。
「いま言ったら、信じてくれる？」
「……あんた次第」
　小さな声でそう返すと、栗原がくすりと笑って、こちらを向いた。
　手は、まだつかまれたまま。
「いままで舞香ちゃんに言った"好き"って、全部、本気だよ」

周囲に人がいるにもかかわらず、栗原は私の手をつかむ力をやや強め、真剣な瞳で私を見つめた。
「ごめんね。俺、こんなやつだから、全然信じられなかったよね。こんな伝え方しかできなくて、ごめん。たぶん、昔の俺のほうが、もっとうまく伝えられたんだと思う」
「……昔のあんたのことなんか、いま、聞いてないわ」
「あはっ、うん。そうだよね。……好きだよ、舞香ちゃん。俺、一度もうそついたことはないし、からかってるわけでもない」
「……」
「どうかな？　……俺の彼女になる気とか、ある？」
「ないわよ」
「え。そこ即答なの？」
　ひどいね～、と言いながらも、栗原はやっぱり笑顔を見せる。
　当たり前でしょ。
　あんたのことなんか、つゆほども好きじゃないんだから。
　それに昨日見た、笑顔じゃない栗原は、気持ち悪すぎてもっと好きじゃない。
「彼女になんかなるわけないでしょ」
　私は栗原の手を振りほどいて、ひとりで少し速足で歩きだした。
　ちょっとだけ、本当にちょっとだけ。
　……顔が、熱いから。
　だけど案の定すぐに私に追いつく栗原は、私の顔をのぞ

き込んでくる。
「本気だって、ちゃんとわかってくれた？」
「……まあ、恋愛対象にはなったんじゃない」
「え、俺っていままで恋愛対象外だったの？」
「圏外よ」
「あはは。……圏外だった、でしょ？」
　栗原はそう笑って、私の手をまたつかんだ。
「舞香ちゃん、いままで意地悪してごめんね？　あとキスも」
「許さない」
「そこは許してよ〜」
「土下座したら許すわ」
「舞香ちゃんがキスしてくれたら、よろこんで土下座するかな」
「散れ」
　……なんて会話しつつ、なんだかんだ手をつなぐの許してるけど。
　いまはまだ、気づいていないふりをしてやろうと思う。

番外編2
ふたりきりのクリスマス&バレンタイン

☆ ☆ ☆ ☆ ☆ ☆ ☆
キミが大好きって気持ちなら
誰にも負けたりしないから。
☆ ☆ ☆ ☆ ☆ ☆ ☆

初めてのバイト

「バイト!?　心愛が!?」
　冷たい空気がただよう、12月の朝の教室。
　レミちゃんと舞香ちゃんがびっくりした顔で私を見る。
　マフラーをはずしながら、私は「うんっ」と笑顔でうなずいた。
「面接に行ったら、短期で雇ってもらえることになって」
「なんでいきなり、バイトなんて？」
　舞香ちゃんが首をかしげたのと同じタイミングで、レミちゃんは「あ！」とひらめいた顔をした。
　そして、口もとに手を当ててにやにやと笑う。
「さては、クリスマスデートのためだな〜？」
　レミちゃんの言葉に、舞香ちゃんも「なるほどね」とほほ笑んだ。
「坂野くんに、なにかプレゼントするの？」
「えへへ、うん！　今年はケーキも手づくりしようかなって思ってるの」
　毎年、こういうイベントごとは凪くんの家族と私の家族で祝っていた。
　去年のクリスマスも、いっしょに合同パーティーをしたし。
　だけど今年は、恋人になって初めてのクリスマスだから、ふたりきりで過ごすんだ。
　プレゼントもケーキも自分で用意したいから、アルバイ

トをすることにした。
「どこでバイトするの？」
「最近オープンしたカフェだよ。ここからも近い」
「あ、知ってる！　あそこおしゃれだよね〜。制服もかわいいし！　舞香ちゃん、今度いっしょに心愛の働いてるとこ見にいこうよ！」

楽しそうなレミちゃんに、舞香ちゃんが「そうね」とうなずく。

ふたりとも来てくれるんだ。

えへへ、うれしいな。

初めてのアルバイトだからどきどきするけど、がんばらなくちゃ！
「そういえば、坂野くんはそのこと知ってるの？」
「あ、ううん。なにも言ってないよ」

舞香ちゃんの問いかけに、私は首を振った。

凪くんには、アルバイトするってことは秘密なんだ。

プレゼントもケーキも、びっくりさせたいから。
「そっか。じゃあ、あたしたちも黙ってないとね！」
「なら、栗原にも言わないほうがいいわね。最近、坂野くんと仲いいみたいだし」
「ふたりとも、ありがとうっ」

お礼を言うと、ふたりとも「がんばれ」って応援してくれた。

それからレミちゃんは、舞香ちゃんを見てまたにやにやと笑った。

「舞香ちゃんも今年のクリスマスは、弘樹くんと過ごすんだよね〜?」
「は!?」
「えっ、そうなの?」
　私がきょとんとしながら聞くと、舞香ちゃんは顔をほのかに赤くさせた。
「ばっ、ちがうわよ!」
「え?　ちがうの?」
「い、いや……ちがわないけど……っ!」
　ちがわないんだ!
　りんごみたいに真っ赤になる舞香ちゃんに、私とレミちゃんはきらきらと目を輝かせる。
　そのとき、タイミングよく栗原くんが教室に入ってきた。
「みんな、おはよ〜。なに話してるの?」
　私のとなりの机にかばんを置いた栗原くんが、問いかけてくる。
「弘樹くん!　クリスマス、舞香ちゃんと過ごすの?」
「ちょっと、レミっ」
　慌ててレミちゃんの口をふさぐ舞香ちゃん。
　それを見て、栗原くんはにこっと笑った。
「もちろん、クリスマスはふたりきりでデートだよ。ね、舞香」
「っ、別にデートじゃないから!」
「照れてる。かわい〜」
「うるさい、黙れ、チャラ男!」

強く当たりながらも、舞香ちゃんはやっぱり真っ赤な顔をしていて。
　いつも大人っぽいけれど、栗原くんの前だととっても女の子になる。
　栗原くんは舞香ちゃんのことを呼び捨てにしてるし、ふたりとも、なんだかすごく距離が縮まってるみたいでうれしい。
　ほほ笑ましいふたりの会話を聞きながら、レミちゃんと笑い合った。

「今日から、よろしくお願いします！」
　土曜日の朝、開店前のホール。
　いっしょに働くスタッフさんたちの前で、私はぺこりと頭を下げた。
　キッチンスタッフやホールスタッフの自己紹介のあと、仕事内容を教えてもらう。
　ホールスタッフとして働く私が担当する主な仕事は、オーダー取りと配膳(はいぜん)だ。
「佐伯ちゃん、略語はちゃんと頭に入ってるね？」
「はい。大丈夫です！」
「よし、がんばってね。困ったことがあったら、サポートするから」
　オーナーの樫井(かしい)さんはまさに大人の女性という雰囲気で、美人な上にとってもかっこいい。
　優しくて気さくだし、おまけに男性以上にしっかりして

いる印象で、スタッフさんたちの憧れの的なのがわかる。
　それから間もなくカフェは開店し、すぐに忙しくなった。
　緊張しつつもなんとか仕事をこなしていき、やっと慣れてきた頃。
「佐伯さん、4番テーブルお願いします」
「わかりました！」
　注文をとるためのハンディーを持って、指定されたテーブルへ急ぐ。
　4番テーブルには、大学生っぽい男性ふたりが座っていた。
「いらっしゃいませ。ご注文をおうかがいいたします」
　笑顔で接客に応じた私に、ひとりの男性が「へえ〜」と頬杖をついて笑った。
「キミ、超かわいいね〜」
「えっ」
「バイトの子？　上がるのいつ？」
　上がるの……って、バイトが終わる時間ってことだよね。
　どうしてそんなこと聞くんだろう？
　不思議に思いながらも「ええと、今日は……」と答えようとしたとき。
　すっと、私のとなりに誰かが立った。
「申し訳ございません。彼女は今日、僕との先約がありますので」
　にっこりと笑顔でお客さんに言い放ったのは、バイト仲間の男の子だった。

えっ……。
　僕との先約って？
　私、なにか約束してたっけ……？
「あーあ、彼氏持ちかよ。残念〜」
「ご注文をうかがってよろしいでしょうか？」
「んじゃあ、ランチセットふたつ」
「かしこまりました」
　私の代わりにオーダーを受けた彼は私の手をつかむと、そのまま裏のほうへと歩いていく。
　なんでいまのお客さん、私に彼氏がいるってわかったんだろう……？
　私の頭の中はさっきから、クエスチョンマークでいっぱいだ。
「樫井(かしい)くん！　さっき、代わりにオーダー受けてくれてありがとっ」
　キッチンのほうにオーダーを伝えたあと、私は彼にお礼を言った。
　樫井くんはオーナーの親戚で、同い年の高校1年生。
　私と同じで短期のアルバイトらしい。
　こちらを振り返った樫井くんは、あきれたように肩をすくめた。
「佐伯さん。ああいうのには、ばか正直に答えちゃだめだよ？」
「そ、そうなの？」
「軽く受け流して注文だけ聞けばいいから……って、でき

そうにないかな。佐伯さんだし」
「ごめんなさい……」
　しゅん、としながら謝ると、樫井くんは小さく笑った。
「いいよ。オーナーに佐伯さんのフォローも頼まれてるし。僕が助けるから」
「あ、ありがとう！」
　でも、これからは樫井くんに迷惑をかけないようにしないと。
　もっとがんばろうっ！
「そういえば、私、樫井くんと今日約束してた……？」
　覚えがないんだけど……でも樫井くん、さっき言ってたよね。
　ちょっと不安になりながら聞いたら、樫井くんは首を振った。
「あんなの、ただのその場しのぎだよ。うそだから」
「あっ、うそだったんだ！　よかった。忘れてるなんて失礼だし……」
　ほっとする私を見て、樫井くんは「佐伯さんらしいね」とまたあきれたように笑った。

　週明けの月曜日。
　凪くんといっしょにいつもの通学路を歩く。
　……よし。言うんだ、私！
「あのね、凪くん」
「ん？」

「私、これからしばらく、凪くんといっしょに帰れないんだ」
　意を決して私がそう言うと、凪くんは不思議そうな顔を見せた。
「なんで？」
「え、ええっと、用事があって……」
「しばらく、っていつくらいまで？」
「うーん……。クリスマスまで、かな……？」
　そう答えた直後にハッとした。
　く、クリスマスって言っちゃったよ。
　勘のいい凪くんなら、気づいちゃうかもしれない……！
　冷や汗をかきつつ、凪くんの反応をうかがった。
「ってことは……クリスマスはちゃんと空いてんの？」
「うん！　もちろん！」
　だってクリスマスに凪くんと過ごすためのバイトなんだもん！
　なんて言えない。
　でも……よかった。気づいてないみたい。
「それなら。わかった」
「ありがとうっ」
　くわしく聞かれなかったことにほっと安心した。
　笑った私の頭を優しくなでてくれる凪くんに、ふわふわした気分になる。
　いつも幸せをもらってばかりだから、私も凪くんにお返しがしたいよ。
　クリスマス……よろこんでくれるといいなあ。

かわいすぎる店員

【凪side】
　クリスマス１週間前。
「最近、心愛ちゃんとなんかあったの？」
　放課後。
　ふと雑貨ショップの前で立ち止まった林が、そんなことを聞いてきた。
　俺はその背中を見ながら、「いや、とくに？」と答える。
「全然、心愛ちゃんといっしょに帰ってねえじゃん」
「ああ……。なんか用事があるんだって」
　いままでこんなことなかったから、不思議には思ってるけど。
　クリスマスはちゃんと空けてくれてるらしいし、なにか思い悩んでいるわけでもなさそうだから、追及はしないでおいた。
　店頭におかれたマフラーを物色しながら、「へー」と気の抜けた返事をする林。
「早く選べよ」
「待てって。サト先輩、なにがいいかな〜。予算内だとけっこう限られてくんだよな」
　サト先輩へのプレゼント選びに付き合ってくれ、と頼まれ、いろんな店をまわって約２時間。
　まったく決まる気配がない。

ため息をついた俺を、林が振り返った。
「凪も心愛ちゃんへのプレゼント、選ばねえの？」
「とっくに決まってるし。もう買ってる」
「マジで!?　おまえってそういうとこ手際いいっつーか、全然悩んだりしねえよな。相談されたこともねえし」
　褒められているのかと思えば、苦虫でも噛みつぶしたような顔を向けてくる林。
「まあ、心愛に似合うものも心愛がよろこぶものも俺は熟知してるから。こういうときのために夏休みにバイトして資金もしっかりあるし」
「うっわ、想像以上にスマートすぎてすげームカつく……。これだからイケメンは」
「イケメン関係なくね？」
　どうでもいいから早くしろよ。
　結局、プラス１時間かけて、ようやく林はプレゼントを決めた。
　黒地に白の子猫の刺繍の入った、シックなマフラー。
　そして、合格祈願のおまもり。
　受験生のサト先輩を一途に応援する林が、すげーけなげに思える。
「凪、付き合ってくれてさんきゅ～」
「お礼としておごれよ。もう19時すぎてるし」
「ったく、しょうがねえなあ。今回だけだぞ！」
「あ？」
「すみません」

あたりはもうすでに真っ暗だった。
　適当に近くの店に入り、つらつらとたわいない話をしながら夕飯をすませる。
　まあ予想どおり、ほとんどのろけになったけど。
　主に林の。
　約束どおりおごらせて、店を出たとき。
「……あれ」
　急に立ち止まった俺に、数歩先から林が振り向いた。
「どうした〜？」
「あそこにいるの、心愛じゃ……」
　いや、絶対にそうだ。
　俺が心愛を見間違えるはずないし。
　最近オープンしたらしい、話題のイタリアンカフェ。
　その入り口付近で、心愛が他校の男となにか話している。
　男は気さくに心愛の肩をぽんとたたくと、手を振って去っていった。
　うれしそうな表情で、心愛も帰り道を歩いていく。
「なにあれ？　あの男、誰？」
「……俺が知るかよ」
　いつの間にか俺のそばに来ていた林が、怪訝そうに男を見る。
　……落ちつけ、俺。
　そう自分に言い聞かせるけど、ざわつく心は少しもおさまらない。
　なんだよあいつ。

なれなれしく心愛に触りやがって。
それになんで、心愛もあんなにうれしそうに……。
イライラしつつも……あの表情を見ると、歩いていく心愛を追いかける気にはなれなかった。

次の日の放課後。
俺は心愛と同じクラスの栗原をつかまえた。
「で、話ってなに？」
向かいに座った栗原が、メニュー表を見ながら問いかけてくる。
いま、俺たちがいるのは、件のカフェ。
このカフェの入り口のところに、心愛と男がいたんだ。
あー……またイライラしてきた。
「おまえ、心愛のことなにか聞いてねえ？」
「心愛ちゃんのこと？」
「最近、心愛が放課後、なにしてるのか。舞香とかから聞いてねえの？」
尋ねてみるも、栗原は首をかしげるだけ。
知らねえのか……。
同じクラスだし、舞香とも仲いいから、もしかしたらなにか聞いてるかもしれないと思ったのに。
「俺は知らないけど……。坂野くんって、けっこう彼女のこと詮索するタイプなんだ？」
「……昨日の放課後、見たんだよ。心愛が他校の男といるとこ」

それがなければ、俺だってこんなに気にしなかった。
　俺が打ち明けると、栗原が、「え、マジで？」と食いついてきた。
「じゃあ、そのとき追いかければよかったじゃん」
「……心愛、なんかうれしそうに笑ってたから。あんな顔してる心愛に問いつめられるわけねえし」
「ええ……なにそれ？　己の嫉妬心でその笑顔を曇らせたくなかったってこと？　凪くん、心愛ちゃんのこと天使かなにかだと思ってない？」
「は？　思ってるに決まって……っ、なに言わせんだよ！」
「いやいやいや、キミがばか正直に本心暴露しただけでしょ。さすがに引くわあ」
　本気でどん引いたような顔をして、グラスを手に取って水をひと口飲む栗原。
　こいつにこんな反応されるのは不本意すぎる。
「……でもさ、心愛ちゃんに限って浮気なんて」
「俺だって、それはわかってるっつーの」
　心愛がそんなことするわけない。
　あいつ、俺のことすげー好きだし。
　それに心愛はわかりやすいから、浮気なんてしてたら、すぐにバレるに決まってる。
　でも、今朝もいつもと変わらなかったし。
　……いや。
「ちょっと疲れてる、か……」
　最近、なんとなくだけど、そんな感じがする。

小さくため息をついて考え込む俺をよそに、栗原は呼び出しベルを鳴らした。
「心愛ちゃんに、直接聞いてみればいいじゃん？」
「そうだけど……浮気じゃないってわかってるんだから、聞くほどじゃない気もして」
「めっちゃ気にしてるくせに？」
　痛いところを突いてきやがった。
　うつむいて黙り込んだとき、ウエイトレスがやってきた。
「いらっしゃいませ。ご注文を……」
　──え？
　聞き覚えのありすぎる声に、俺は思わずバッと顔を上げた。
　そのウエイトレスと目が合った瞬間、びっくりする。
「なっ、凪くんっ!?」
「心愛……!?」
　カフェの制服を着た心愛が、ぱちぱちと目をしばたたかせる。
　え、制服すっげーかわいい。超似合ってる。
　じゃなくて、なんでここに心愛が……!?
「え、ど、どうして凪くんが……っ」
　顔を赤くさせて、あわあわと俺よりも困惑状態の心愛。
　すると、別のウエイターがこちらに歩いてきた。
「佐伯さん？　どうしたの？」
　心愛に話しかけたその男を見て、俺は「あ」とつい小さく声をもらした。

こいつ……昨日、心愛といっしょにいた男だ。
「心愛ちゃん、ここでバイトしてんの？」
　栗原もちょっと驚いた様子で、心愛に尋ねた。
　心愛は数秒の間のあと、うつむいてこくん……と小さくうなずく。
　バイト？　心愛が……？
「佐伯さん、知り合い？」
「う、うん。昨日話した、その……私の彼氏さんです」
　照れたように紹介する心愛の言葉に、男が俺に視線を寄せてくる。
　じーっと見られたあと、にこっと爽やかに営業スマイルを向けられた。
「そうでしたか。失礼いたしました。……佐伯さん、しっかりね」
　心愛に声をかけると、男は俺たちに会釈して離れていった。
「……心愛、バイトしてたんだ？」
「う、うん……。内緒にしてたのに～……」
　うなずいて、恥ずかしそうに視線を下に向ける心愛。
　放課後しばらくいっしょに帰れない理由って、これだったわけか……。
　……それにしても、制服姿かわいすぎだろ。
　写真撮りたいんですけど。
「あ、えっと……ご注文をおうかがいしますっ」
　気を取り直した様子の心愛が、ハンディー片手に聞いて

きた。
「じゃー、俺、ホットコーヒーで。凪くんは？」
「俺は……」
　じ、と心愛を見つめる。
「……俺は、ココアがいい」
「えっ!?」
　俺の注文に、心愛がすっとんきょうな声を上げた。
　その直後、自分の名前じゃなくドリンクのことだと理解したらしく、耳まで真っ赤になって「あ、こ、ココアですね！」と早口になる心愛。
　……うわ、やべえ。どうしよ。
　このウエイトレス、かわいすぎるんですけど。
　テイクアウトしたくなるくらい。
「かしこまりましたっ」
　ぱたぱたと厨房のほうへ歩いていく心愛を見ながら、ひじをついた両手で口を覆い、にやけそうになるのを必死でおさえる。
　そんな俺を見て、栗原はおかしそうに笑った。
「どうやら、心配する必要はなかったみたいですね〜」
「ん……。さっき来たやつも、昨日の男だったし」
　あのとき見たのは、おそらくバイト終わりの光景だったんだろう。
　でもやっぱり、あんなふうにほかの男に気安く触られるのはいやだ。
　心愛は無防備すぎるから……。

そんなことを考えていると、また心愛がこちらに歩いてきた。
「あの、ごめんなさい。凪くん」
「ん？」
「ココア、ホットでよかったですか……？」
　まだちょっと赤い顔のまま、小さく首をかしげる心愛。
　そのかわいさに、思わず「ココアじゃなくて、心愛がいい」と言ってしまいそうになる。
　わかってたけど、俺、完全に末期だ。
「あー、うん。ホットで」
「かしこまりました。じゃあ……」
「あ、待って。心愛」
　戻っていこうとする心愛の手をつかんで、引きとめる。
「バイト、何時に終わる？」
「え？　20時だけど……」
　そういえば、昨日もそれくらいだったっけ。
「そっか。じゃあ、待っとく」
「で、でも、遅い時間だよ……？」
「別にいいよ。つーか、遅い時間だからひとりで帰したくねえし」
「ひとりで大丈夫なのに……？」
　きょとんとした顔で小首をかしげる心愛には、ちっとも危機感というものが備わっていない。
「俺が久しぶりに心愛といっしょに帰りたいんだよ。だから待ってる」

内心あきれつつも、そう付け加えた。
　すると、とたんに心愛はぱあっと表情を明るくさせ、満面の笑みで「うん、わかったっ」とうなずいた。
　あーもー……本気で超かわいい。
　こんなの、天使にしか見えなくても仕方ないだろ。
　心愛から視線を前に向けると、向かいでは栗原がにやにやしていた。
「のろけ、聞いてあげてもいいよ？」
「……うるせー」
　のろけなんか、誰が話すか。
　心愛のかわいいところは、俺だけ知ってればいいんだよ。

幸せなクリスマス

　待ちに待った12月25日のクリスマス。
　終業式が終わり、いつもどおり凪くんと帰る。
「昼は心愛が用意してくれてんの？」
「うんっ。仕上げはお母さんにしてもらってるけど、ほとんど私ひとりで作ったんだよ～」
「へえ……。心愛の手料理とか、すげー楽しみ」
　凪くんの無邪気な笑顔に、きゅんっと胸が鳴った。
　お菓子はよく作ってプレゼントしていたけれど、手料理を食べてもらうのは初めてだ。
　凪くんの口に合うといいな。
　カフェでの短期のアルバイトは、一昨日終わった。
　オーナーには『つづけたら？』と言われたけれど、今日のためのアルバイトだったし。
　やっぱり凪くんとの時間が減っちゃうのはいやだから。
　結局、秘密はバレちゃったけど、あの日から凪くんは毎日、私が上がる頃にアルバイト先まで迎えに来てくれて、すごくうれしかった。
「じゃ、したく終わったらそっち行くから」
「うんっ、待ってるね」
　凪くんといったん別れて、それぞれの家に帰る。
　真っ白のニットと赤茶色のアーガイルチェックのハイウエストスカートに着替えた私は、さっそく準備を始めた。

まずはお母さんが仕上げてくれた料理をダイニングテーブルに運ぶ。
　さすがお母さん。
　とっても見栄えよく盛り付けてくれてる。
　それから冷蔵庫を開けて、昨日完成させたブッシュドノエルを確認した。
　ブッシュドノエルとは、クリスマスによく食べられる、切り株みたいなケーキのこと。
　作った自分が言うのもなんだけど、よくできてると思う。
　冷蔵庫を閉めたとき、リビングにお母さんが入ってきた。
「もう凪くん来るの？」
「そうだよ～」
「楽しんでね。お母さんたち今日は１日家にいないから」
「うん！　ありがとう」
「ふふ。仲よくするのよ。私たちみんな、ふたりのこと祝福してるからね」
　お母さんは私にそうほほ笑むと、「いってきます」と家をあとにした。
「いってらっしゃい！」
　そんなこと言ってもらえるなんて、思わなかった。
　うれしくて、思わずじーんとしてしまう。
　凪くんのお母さんも、空の上から私たちのこと見守ってくれてるのかなあ……。
「凪くんのお母さん。凪くんのことは私が守るので、安心してくださいねっ」

キッチンの窓から見える、よく晴れた空を見上げて、ひとりつぶやく。
　それから間もなく凪くんがやってきて、リビングに上がってもらった。
　凪くんのコートを受け取り、ハンガーにかける。
「シチュー？」
「うん！　凪くんシチュー好きでしょ？」
「うん。好き」
　ほほ笑んだ凪くんに、どき、と胸が弾んだ。
　凪くんの声で聞く"好き"、が私はとっても好き。
手を洗ったあと、さっそくふたりでテーブルについた。
　自分の作った料理を食べてもらうのって緊張するなあ。
　ちょっぴりそわそわしながら、「いただきます」と凪くんがシチューを口に運ぶのを見つめる。
「お味、どうですか……？」
「ん……っ、すげーうまい。心愛ってほんとに料理上手だよな」
「よかったあ。ありがとう！」
「将来、絶対いい奥さんになるよ」
「えへへ」
「もちろん俺のな？」
「うんっ……え!?」
　凪くんがさらりと告げた言葉に、一瞬遅れてぼっと顔を赤くした。
　凪くんの奥さんに……なんて。

そんなの、幸せすぎるよ……。
　まるでプロポーズみたいなセリフに、どきどきが止まらなくなる。
「じゃあ……凪くんが旦那さんになってくれるの、楽しみにしててもいいですか……？」
　小さい声で尋ねたら、凪くんは笑って向かいから私の頭をなでてくれた。
「絶対、だれよりも幸せにしてやるから」
　優しくて甘いその表情と言葉に、胸がきゅうんと高鳴る。
「っ、もう、じゅうぶんすぎるくらい幸せだよ……」
「マジでかわいすぎ。一生離せねえよ、おまえだけは」
「えへへ……うんっ。ずっとそばにいてね」
　大好きな人と、未来の約束ができる。
　本当に、幸せだなあ。
　凪くんがそばにいてくれる限り、この幸せがこれからもずっとつづいていくんだ。
　いつかこうしてふたりでご飯を食べるのが日常になるんだと思うと、心がぽかぽかあたたかくなって、しばらくにやにやを抑えることができなかった。

　お昼ご飯を食べたあとは、いっしょに少しだけ冬休みの課題を進めた。
　それから、ふたりでブッシュドノエルを食べて。
　手作りだと言うと、凪くんはびっくりして、すごく褒めてくれた。

がんばったかいがあったなあ。
「じゃ、ケーキも完食したし。出かけよっか」
「夕ご飯は外で食べるの?」
「ああ。心愛がバイトしてたカフェ、予約してるんだけど」
「そうなの!?　私、実はあそこで食べたことなかったのっ。楽しみだなあ」
　外に出ると寒かったけれど、つないだ手はとってもあたたかかった。
　カップル限定のフォトスポットに行ってみたり、ショッピングしたり、凪くんと過ごす時間は本当に幸せで。
　気づけばあたりはもう真っ暗で、スマホを見ると18時半だった。
「そろそろ予約した時間になるし、カフェ行こっか」
　私がついこの間まで働いていたカフェは、今日も繁盛しているようだった。
　店内もクリスマス仕様になってる。
　入り口へ向かうと思っていたのに、凪くんはなぜかカフェの裏へと歩いていく。
「えっ、な、凪くん?　どこ行くの?」
「秘密。もうすぐわかるよ」
　そう言いながら、いったいどこで手に入れたのか、裏口の鍵を取り出す凪くん。
　驚く私を連れて中に入ると、凪くんは迷わずにそばにある階段を上っていく。
　な、なんでこんなところに?

ていうか、勝手に入っていいのかな……？
　そう不安に思いながらも、凪くんについていくと、行く先にドアがあった。
　ゆっくりとドアを開けると、そこには……。
「わあっ……」
　屋上一帯にほどこされた、きらきらと輝くイルミネーション。
　予想もしなかった光景に、思わず感嘆の声がもれた。
　下からじゃ、全然気づかなかった。
　色とりどりの光がまたたいて、すっごく綺麗……。
「裏口の鍵は樫井って男からもらったんだよ」
「えっ、樫井くんが？」
「ああ。イルミネーションはオーナーが準備してくれたらしくて」
　樫井くんには、アルバイトの理由を話していた。
　彼氏によろこんでもらうために、って。
　まさか、こんなすてきなプレゼントを用意してくれたなんて……。
　ふたりに心の中でお礼を言ったとき、凪くんが私に手招きした。
「心愛、おいで」
　そばに歩みよると、「目閉じて」とささやかれる。
　なんだろう……とどきどきしながら、指示どおりに目を閉じた。
　すると、凪くんの手が髪にふれる感覚がして、ついで首

元に少しひやりとした感触を覚えた。

「……目、開けていいよ」
　その声にそっと目を開く。
凪くんが持つ小さな鏡には──ネックレスを身に着けた私が映っていた。
　トップに淡いピンクゴールドのリングがふたつ通った、とってもかわいいデザイン。
「わっ、かわいい……！」
「俺からのクリスマスプレゼント。気に入ってくれた？」
「うん！　私っ、このデザインすごく好き……！」
　鏡を渡され、いろんな角度からネックレスをながめては思わず見とれてしまう。
　今日の服装にもすごくぴったりだし……きっと、私の好みを理解して選んでくれたんだ。
　さすが凪くん……！
「本当にうれしい……っ。ありがとう、凪くんっ」
　笑顔でお礼を言った私は、はっと思い出した。
「あのね、凪くん！　私からも凪くんに、プレゼントがあるの」
　かばんの中から、持ってきたプレゼントを取り出す。
　手のひらよりやや大きめの、包装された立方体の箱。
　重みのあるそれを、凪くんに手渡した。
　凪くんは中身がなんなのか見当がついていない様子。
「開けていい？」

「うん、どうぞ！」
　リボンをほどき、ぱかりと箱を開ける凪くん。
　中に入っていた腕時計を見た凪くんは、目を見開いた。
「え……！　心愛、なんでこれ……っ」
「えへっ。凪くんがこの腕時計を欲しがってたって、林くんに教えてもらったんだ」
　凪くんへのクリスマスプレゼントに迷っていた私。
　決められなかったから、凪くんといつも一緒にいる林くんにこっそり尋ねてみた。
　凪くんは少し前に、雑誌を見てこの腕時計が欲しいと話していたらしくて。
　ケーキも用意するのにお小遣いだけじゃ足りなかったから、アルバイトすることにしたんだ。
「マジで？　やばい……。すっげーうれしい」
「よろこんでもらえてよかった！」
　そう笑った私の体を、凪くんはぎゅっと抱き寄せた。
　きゅんっ、と胸が甘い音を立てる。
　こんなふうにときめくのは、ずっとずっと凪くんだけ。
「心愛、ありがとな。俺のためにバイトしてくれて」
　体を離すと、凪くんは王子さまみたいな笑顔を見せてくれた。
　それからゆっくりと顔が近づいて、優しいキスが降ってくる。
「凪くん……大好きだよ」
「うん。俺も、すげー好き」

寒さなんて感じないくらい、すごく心があたたかい。
　凪くんと恋人同士になってはじめて過ごす今日は、いままででいちばん幸せなクリスマスだと思った。
「来年は俺ももっとバイトしよ。旅行でも行く？」
「ほんと？　じゃあ私もいっしょにバイトする！」
「いいけど……あんまかわいい制服はだめだから」
「えっ、どうして？」
「かわいすぎて、ほかのやつらに見せたくない」
　真っ赤になる私に、凪くんはおもしろそうに笑って、またキスを落とした。
　来年のクリスマスは、もっと幸せな日になりそう。
　何年たっても凪くんのとなりにいるのは、私でありますように……。
「そろそろカフェ入る？　予約時間19時だよね？」
「んー……まだ心愛といちゃついてたいんだけど」
「……じゃ、じゃあ、帰ってからいちゃいちゃしよ……？」
「……っ、それ、生殺しすぎ」

バレンタインデート

「……よしっ」

　キャメルブラウンのセーターに、白のプリーツスカート。

　鏡に映った自分を見つめて、小さく気合いを入れる私。

　凪くんと出かけることは、付き合う前から数えきれないくらいあったけれど。

　恋人になってからのデートは、何度か重ねたいまでも緊張しちゃう。

　心地よいどきどきを感じつつ、私は部屋の壁にかかっている時計を見上げた。

　もう出たほうがいいかなあ。

　今日は待ち合わせしてるんだもんね。

　家がお向かい同士ということもあって、凪くんが迎えに来てくれることが多いから、待ち合わせなんて新鮮だ。

　めずらしいシチュエーションに胸を弾ませながら部屋から出て、リビングに顔を出した。

「お母さん！　いってくるね」

「ええ、いってらっしゃい。楽しんでくるのよ」

「うん！」

　お母さんに明るく返事して、私は待ち合わせ場所に向かうために家を出た。

　今日は2月14日。

　バレンタインデー。

バレンタインデーは毎年、凪くんに手作りのチョコレートをあげるだけなのだけれど、今年は少しちがう。
　チョコレートもあげるけど、今日は凪くんとずーっとふたりきりで過ごす日。
　午前中は映画を観て、食事して。
　そのあと凪くんの家で、フォンダンショコラを作ってプレゼントする予定。
　楽しみだなあ。
　バレンタインデーにデートできるなんて、とっても幸せ。
　わくわく気分で歩いていると、前から大学生くらいの男の人がやってきた。
　そして私のほうに視線をやると、「ねえねえっ」と小走りでこちらに向かってくる。
　知らない人だから、私のうしろを歩いてるおじいさんに話しかけたんだろう。
　そう思って素通りしようとしたとき。
　その男の人になぜかぐっと手をつかまれて、私はびっくりして目を見開いた。
「えっ!?」
「なに驚いてんの～？　シカトとかひどいじゃーんっ」
「え……？　だ、だって……」
　戸惑いながら、私はうしろを振り返る。
　おじいさんがいると思ったけれど、そこには誰もいない。
　おじいさん、そこの角曲がったんだ！
「あ、あの！　さっきのおじいさんなら左に曲がりました

よ！」
「え？　おじいさん？　あ。そう言って逃げようとしてる？　そうはいかないよ〜」
「え？　えっと……？」
　うう。
　お兄さんの言葉の意味、全然わかんないです。
　どうしよう……。
　そのとき、コートのポケットに入れていたスマホが振動し始めた。
　あ、凪くんだっ。
「ごめんなさい。電話がかかってきたので！」
　自然と笑顔になった私は、お兄さんにひと言断って、スマホを耳に当てた。
「もしもし、凪くん？」
『心愛、いまどこ？』
「ついさっき出たところだよ！」
『悪いけど、早く来て。いろんな女が話しかけてきてウザい』
　ちょっと疲れたような凪くんの声。
　それを聞いて、私はなんだか心にもやがかかったみたいにいやな気分になった。
　いろんな女の子が、話しかけてなんて……。
「そ、そんなのやだ！　早く行くね！」
『……ああ』
　あれ？
　なんだか、うれしそうな声に変わった？

凪くん、女の子に話しかけられてうれしいのかな……。
でもそんなの、私はやだよ！
　私は電話を切ると、お兄さんに「ごめんなさい、急いでいるので！」と謝って、駆け足でその場を去った。
　お兄さんがうしろで、「あ、ちょっと！」と私を引きとめるような声がしたけれど。
　いまは緊急事態なんです！
　ごめんなさい……！
　そう心の中で何度も謝りながら、私は凪くんとの待ち合わせの場所に急いだ。

「心愛っ」
　時計台のある広場についた直後、凪くんは私に気づいてくれた。
　そのそばには、3人組の女の子が。
　うう……。
　みんなかわいい。
　凪くんは3人組に優しくほほ笑んでなにか言うと、私のほうへと歩いてくる。
　凪くんが女の子に笑ってる。
　それだけで、こんなにいやな気持ちになっちゃう……。
　わずかに上がった息を整えながら、私は胸元をきゅっとつかんだ。
　そばに来た凪くんが、私の顔をのぞき込んできた。
「心愛、走ってきた？」

「う、うん……っ。ごめんね、遅れちゃって」
「いや、遅れてねえよ。俺が早くつきすぎただけ。そしたら予想以上に女が寄ってきたから……」
「そ……そっか」

　どうしよう。

　うまく笑えないよ。

　だけど、いやな気持ちになってるなんて、凪くんには気づかれたくない……。

　悟られないようにちょっとだけ顔をうつむかせたけれど、

「心愛？　……もしかして、妬いてんの？」

　私のことをよくわかっている凪くんは、当然のように見透かして、笑いまじりに問いかけてきた。

「なあ。正直に言えよ、心愛」
「う、だ、だって……。凪くん、さっき、女の子にうれしそうに笑ってたんだもん……」

　凪くん相手じゃごまかせるはずないと思って、うつむいたまま素直に話した。

　思ったよりもすねた声になってしまって、そんな自分に恥ずかしくなる。

　だけど頭上から落ちてきたのは、小さな凪くんの笑い声だった。

「……ど、どうして笑うの？」
「だって、心愛がかわいすぎるから」
「なっ……！」

ふ、不意打ちでそんなこと言うなんてっ。
　凪くんはいっつもずるい！
　ちょっとだけ頬をふくらませた私に、凪くんは楽しそうな表情でつづけた。
「別に俺は女に笑ったんじゃなくて、おまえが来たからうれしかったんだって」
「えっ……？　で、でも電話のときも、なんだかうれしそうだったでしょ……？」
「それは心愛が『そんなのやだ』とか、かわいいこと言ったから」
　かああっ、と顔が熱くなる。
　あれは思ったことをそのまま口にしただけなんだけれど、いま考えればとっても恥ずかしい。
　照れでなにも言えないでいると、私の髪をすくようになでていた凪くんが、楽しげに笑いかけてきた。
「ほんと、おまえって俺のこと好きすぎ」
「……っ」
「俺はそれ以上に好きだけど」
　ず、ずるい……っ！
　いつもこうやって、私ばかりどきどきさせられちゃうんだ。
　凪くんはずっと余裕なんだもん。
　凪くんに髪をひとなでされるだけで、私はすっごくきゅんってときめいちゃうのに。
「気づけよ。俺がいっしょにいたいと思う女は、おまえだ

けだって」
　うれしくて、それ以上に胸が高鳴る凪くんの言葉。
　そのまま顔が近づいてくるから、キスされるんだって思った。
　だけど。
　唇はふれなくて、なにごともなく離れていく凪くんの顔。
「な……凪くん？」
「ん？」
「……う、ううん」
　首をかしげた凪くんに、私は首を振るしかできなかった。
　キスしないの？
　なんて、き、聞けないもん。
　期待してしまった自分にまた恥ずかしくなりながら、私は凪くんと映画館へ向かった。
　恋人らしく、手をつなぎながら。

　観る映画は、いま流行りのラブストーリー。
　凪くんとデートで映画を観るのは初めてだと言ったら、レミちゃんに『絶対ラブストーリーっ!!』と推された。
　でもラブストーリーだから、当然、キスシーンもあるわけで。
　ドラマでもあまり恋愛ものを観ない私は、キスシーンになるたびになんだか恥ずかしくなってしまう。
　凪くんは平気なのかなと思って、ちらりと凪くんのほうを見ると、それにすぐに気づいた凪くんが、こちらに顔を

向けた。
「どうしたの？」
「な、なんでもないよっ」
「ふうん？　……ああいうキス、してみる？」
　にやりと意地悪っぽく笑う凪くんに、心臓が跳ねた。
「えっ！　い、いま……!?」
「うん。そろそろ、深いほうもしてみよっか？」
　凪くんに耳元で小さくささやかれて、すぐに心臓がさわがしくなった。
　付き合い始めて3ヶ月ほど経つけれど、私たちはまだ唇をふれあわせるだけの軽いキスしかしたことがない。
　何度もキスされるだけですぐにふにゃりと力が抜けてしまうから、きっと凪くんは次の段階に進むのを待ってくれているんだ。
　私が、ディープキス……というものを知ったことすら、つい最近で。
　恥ずかしいけど、したくないわけじゃ、ない。
　で、でも、いまは人もいるし……っ。
　どうしようとてんぱっていると、凪くんはくすりとほほ笑んで、「冗談」と声を落とした。
「じょ、冗談……？」
「ん。映画観とこうぜ」
　凪くんはさらりとそう言うと、再びスクリーンのほうへ顔を戻した。
　私もどきどきの余韻を感じながら、凪くんから視線をは

ずす。
　だけど、キスのタイミングを2度も失った気がして、ちょっともの足りないような気持ちだった。
　映画を観たあとはレストランで昼食をとって。
　フォンダンショコラの材料を買ってから、私たちは凪くんの家へ向かった。

チョコより甘い××

　おじさんはまだ仕事なので、凪くんとふたりきり。
　できるまでリビングで待ってていいよと言ったけれど、凪くんはカウンターからずっと私がフォンダンショコラを作る様子をながめていた。
　カウンターに置いた腕に顔をのせてこちらを見る凪くんはかわいかったから、なんだか得した気分だ。
　フォンダンショコラは材料を混ぜてオーブンで焼くだけなので、わりと簡単にできる。
　隠し味にリキュールを少し加えた。
　10分ほど焼いて、おいしそうなフォンダンショコラができ上がった。
「よし、完成！」
　最後に粉糖をまぶして、ひとつはおじさんの分として冷蔵庫に入れた。
　冷えても、レンジで温め直したら焼きたてみたいに戻るから大丈夫！
「凪くんっ。凪くんの部屋で食べるよね？」
「え、俺の部屋？　なんで？」
　カウンターからの凪くんの返答に、私は首をかしげた。
「だって、いっつも凪くんの部屋で過ごしてたし……。だめかなあ？」
「あー……。うん、そうだよな」

なぜか歯切れ悪くうなずく凪くん。
　不思議に思いながらも、凪くんが、「じゃあ、俺の部屋で」と階段を上がっていくので、フォンダンショコラをふたりぶん持って、凪くんの部屋へ向かった。

　凪くんの部屋はとっても落ちついた雰囲気だ。
　幼い頃からよく家を行き来していたからか、安心する。
　ローテーブルにフォンダンショコラをのせたお皿とアールグレイの紅茶を置いて、私は凪くんの前に座った。
「おいしくできたかわかんないけど……どうぞ！」
「心愛の作ったものならうまいって。さんきゅ」
　凪くんが笑顔でそう言ってくれる。
　たまに見ることができる、無邪気でかわいい表情。
　その笑顔を向けてもらえるのは、私だけがいいなあ。
　ほのぼのと癒されながら、凪くんがフォンダンショコラにフォークを入れるのを、密かにどきどきして見ていた。
　フォンダンショコラは表面を焼くだけなので、中身がとろとろなのが特徴。
　凪くんがひとくち食べてから、私は「どうかな……？」と感想を待った。
「ん。やっぱすげーうまい」
「ほんと？　よかった〜っ」
「心愛も早く食えよ。すげーうまくできてるから」
「うんっ！」
　よかったあ。

凪くんにおいしいって言ってもらえると、すっごくうれしい！
　そっとフォークを入れると、とろりと流れ出てくるチョコレート。
　それをからめて、私もひとくち口に入れた。
　……うんっ、おいしい！
　ほんのりとリキュールの風味もきいてて、凪くんの言うとおりうまくできてる。
「あ、心愛。髪に白い粉ついてる」
「えっ！　うそ！」
「ほんと」
　凪くんがテーブルに手をついて、私のほうにもう一方の手をのばしてくる。
　髪に優しくふれる手。
　そのときふと、私の部屋で一緒にケーキを食べた日、凪くんに口の端をなめられたことを思い出した。
　思わず顔が熱くなってしまって、凪くんが不思議そうに私を見る。
「……心愛？」
「なっ、なに？」
「顔、赤いけど。なに考えてんの？」
　からかうように問いかけてくる凪くんに、さらに体温が上がっていく。
　い、言えないよ。
　なめられたことを思い出してたなんて、恥ずかしすぎる

もんっ。
　……いま、キスしてほしいと思ってることも恥ずかしすぎて。
「もしかして期待してる？」
「へっ!?」
「なんてな」
　私の心の中を、読まれたのかと思った。
　だけど、凪くんがそう笑って私の髪から手を離したとき……私は反射的に、凪くんの手をぎゅっとつかんでいた。
「き……きたい、してるっ！」
「……え？」
「な、凪くんっ……。どうして、今日は……きっ、キスしてくれないの？」
　思いきって、聞いちゃった。
　その瞬間、流れる血が沸騰するみたいに、とっても熱くなった。
　すっごく恥ずかしいけど、でも……我慢できない。
　──凪くんとキス、したい。
　だって、会う日は毎日、してくれてるのに。
　今日だって、タイミングはあったのに。
　どうして今日は、してくれないの……？
　私が勇気を出して投げかけた言葉に、凪くんはほのかに頰を赤くして視線をそらした。
　それが、私の心に小さな不安を芽吹かせる。
「心愛は……キス、したいの？」

「……っ、うん。したい……」
　ストレートに聞かれてためらったけど、こくんと素直にうなずいた。
「だめ、なの？」
「いや、だめっていうか……」
「だめって、いうか？」
　つづきをうながすと、凪くんはおずおずと私を見た。
　なんだか、どうすればいいかわからない、小さな子どもみたいな表情で。
「……いま、心愛にキスしたら、止まらなくなりそうだから」
　え……？
「止まらなく、なりそう？」
　どういう意味か汲み取れなくて、きょとんとする私。
　凪くんは自分の首のうしろに手をやって、迷うように口を開いた。
「っ……まあ、なんていうか。昨日、林にヘンなこと言われたせいで、意識するっつーか」
「林くんに？　……ヘンなことって？」
「それは、心愛は知らなくていいこと。だから今日は……」
「……キス、してくれないの？」
　し、しつこいかなあ。
　だけど、理由もはっきりとしないままじゃ、納得できないよ。
　凪くんは、キスしたくないの……？
「私は、止まらなくてもいいから……き、キスしてほしいな」

わがままだとわかりつつも伝えると、数秒間の沈黙があって。
　わずかに眉根を寄せた凪くんが、じっと私を見つめた。
「ほんとに、止まらなくていいの？」
「う、うん」
「……いまの言葉、忘れんなよ？」
　凪くんは真剣な表情でそう声を落とし、立ちあがった。
　かと思うと私のそばに来て、突然、ひょいと私を抱き上げた。
「っ！　凪くん!?　なにするのっ!?」
「キスする」
　悠然とそう答えた凪くんが、私をふわりとベッドに寝かせる。
　そして私の両手をギュッとにぎると、覆いかぶさるようにしてそっと唇を重ねてきた。
　ぎしりとベッドのスプリングが鳴って、心臓が弾んだ。
「……っ」
　1回だけじゃなくて、何度も何度も。
　角度を変えながら、数えきれないほどのキスの雨が降る。
　最初は、呼吸をうながしながら。
　次第に息もままならなくなり、からまるようにキスが深くなっていく。
　酸素を求めて自然と口が開いたとき、するりと甘い舌が
侵入してきた。
「んっ、……ふ……ぁっ」

口内を侵す舌先に、びりびりと電気が走るみたいな感覚を味わう。

　乱れた息といっしょに自然と小さな声が漏れ出る、甘くて深いキス。

　私がクリアできるハードルなんて、とっくに超えていた。

　だけどキスは少しも強引なふうじゃなくて、どきどきしてるのになんだかとっても安心できた。

　優しくからまる指とか、気遣うようにふれる舌先とか、凪くんが私にキスするときの表情とか。

　全部から凪くんが私を大切にしてくれてることがわかって、もっともっと、凪くんのことが好きになっていく。

　凪くんは、私以上に私を好きだと言ってくれたけれど。

　私のほうがきっと、凪くんの好きよりも凪くんのことが好きだよ。

　それに絶対に、凪くんが好きって気持ちは、ほかの子には負けない。

　ゆっくりと唇が離れ、はあ、と熱い息をこぼした。

「なぎ、くんっ……」

「ん……？」

「あのね……私、凪くんのこと、すっごく大好きだよっ」

　ほほ笑んでそう伝えると、凪くんは顔を赤くした。

　ちょっとうつむく凪くんを見て、なんだかうれしくなる。

　いつも凪くんは、平然としてるから。

　たまに余裕をなくした凪くんが見られるのが、すっごくうれしい。

「っそんなの、知ってる。俺にはかなわないだろうけど」
「そんなことないもん！」
「ばか。あるに決まってる」

　凪くんがささやくようにして言うと、また唇にキスを受けた。
　だけどそれはゆっくり、あごから首筋へとつたって。
　首筋に、噛みつくようなキスをされた。
　その瞬間、感じたことのないしびれが走って、ビクッと体がはねた。
「やっ、なぎくん……っ」
「わかる？　止まらないって、こういうこと」
「っ……」
　舌が首筋から耳の裏まではって、ぞくぞくとした感覚が走りぬける。
　体に力が入らなくなって、だけど不可抗力に流されるように腰が反応して。
「あ、あのっ、待ってっ……」
「だめ。待たない」
　そのとき、首筋にちくりとした一瞬の痛みを感じた。
　心拍数がさらに上がる。
　少しずつ、不安が大きくなっていく。
　ど、どうしよう……。
　ちょっとだけ、怖いよ……！
　止まらないって、こういうこと。
　自分でいいよって言ったのに、一度芽生えた不安はどん

どん大きくなっていく。
「……な、っぎくん……っ！」
　思わず震える声で、凪くんを呼んだら。
　凪くんはすぐに動きを止めて、涙目の私の顔をそっとのぞき込んできた。
　私を見つめる凪くんは、とっても優しくほほ笑んでいて。
「ほら。やっぱり、心愛にはまだはやいよ」
「ふえ……っ？」
「いまの、怖かったんだろ。今回はまだ理性が利いたから、よかったけど」
　凪くんは少し困ったように笑って、私を安心させるみたいに優しいキスをひとつ落とす。
　体をどけると、私を起き上がらせた。
「『止まらなくていいからキスして』って言うのは、もっとキスに慣れてからにしろよ」
「……うう、はい」
「まあ、深いキスしても混乱しなかったのはえらかったな」
　凪くんは子どもを褒めるような口調で、私の頭をなでた。
　それがいやじゃなくて、とってもうれしい。
「大丈夫みたいだし、これからキスは舌も使おっか」
「……うん」
「……え、いいの？」
「き、キスだけなら……さっきすっごく、幸せだったもん」
「……っ」

新装版限定特別編
キミのためなら

☆ ☆ ☆ ☆ ☆ ☆ ☆
言えなくて、気づけなくて
でもいつだって、キミのことだけ。
☆ ☆ ☆ ☆ ☆ ☆ ☆

もしかしてストーカーですか

　バレンタインを終えて、3月に入った。
　サト先輩は、推薦で受験生を脱することができたみたい。
　これは凪くんじゃなくて、林くん情報。
　林くんたちも、順調に交際を続けてるんだって。
「異色カップルだと思ってたけどな」
　となりで歩く凪くんが、あくびしながら言う。
　もちろん私たちの仲も順調。
　そしてもうすぐ4ヶ月記念日だ。
「そうかな？　私はとってもお似合いだと思うよ！」
「へえ？　ずっと前に俺とサト先輩がお似合いだとか、言ってなかったっけ？」
「うっ……。そ、それは……」
　うそをついていたわけじゃない。
　だって、凪くんもサト先輩も美男美女だから、並んだらとっても画になるんだもん。
　あれ？
　……じゃあ、私と凪くんは？
「……」
「心愛？」
「な、凪くん……。私って、ちゃんと凪くんにつり合ってるかな……？」
　急に不安になってしまった。

自信がなくて目をうるませながら凪くんを見上げたら、凪くんはきょとんとしたあと、「ばーか」と笑って私の頭をなでた。
「俺とつり合う女なんか、お前しかいねーよ」
「ほんと……？」
「ほんと。ついでに、俺はお前以外にかわいいと思う女なんかいねーから」
　そう断言する凪くんに、ちょっと頬が熱くなる。
　気恥ずかしくて、私はぱっとうつむいた。
「そ、そっか……」
「あ。照れてんの？」
「て……照れてないよっ」
「……マジでかわいいやつ」
　小さく笑った凪くんの言葉が降ってきたと思ったら、くいっとあごを持ち上げられて、凪くんと目が合った。
「顔、真っ赤」
「だ、って……」
　なにか言い訳しようと少し口を開いた私に、すかさず凪くんがキスしてくる。
「な、ぎくんっ……」
「心愛、わかってないだろ。林とサト先輩よりも、俺らのがお似合いだし」
　優しく笑って、首をかしげる凪くん。
「好きだよ、心愛」
　ああ、もう……。

凪くんがかっこよすぎて、本物の王子さまみたいに見えるよ。
「私も……大好き」
「じゃあ、心愛からキスしてよ」
「へっ!?　む、無理だよ！」
「なんで？」
「だって、いまは……誰かに見られちゃうかもしれないもんっ」
　恥ずかしくて、つい速足になった。
　だけど凪くんの長い脚に、すぐに追いつかれてしまう。
「なら、いつキスしてくれる？」
「……っ」
「言えよ、心愛」
　少しうしろから、なんだか楽しんでるみたいな声。
　絶対からかってる！
　私は頬をふくらませて、凪くんを振り返った。
「誰にも見られないときに……たくさんするっ！」
　怒った口調で言った私の言葉に、凪くんはぴたりと足を止めて。
　それから顔を赤くするから、私もつられてかあっと赤くなった。
「ちがっ！　いまのは……っ」
「……」
「わ、忘れてくださいっ！」
　慌てて取り消したら、凪くんに「もう無理」と却下され

てしまった。
　凪くんは私のとなりに並んで、手をきゅっとつかんでくる。
「楽しみにしとく。約束だから、たくさんキスしろよ？」
「〜〜っ！」
　なんて大胆なことを言っちゃったんだろう。
　恥ずかしくてたまらなくなったけど、凪くんがうれしそうに笑ってくれるから。
　……ま、まあ、いっか。
　そんなふうに考えてしまう単純な私は、自分でもわかるくらい……凪くんに夢中みたいです。

「レミちゃん舞香ちゃん、おはよー！」
　教室に入って、すでに登校してきていたふたりにあいさつする。
　この教室でふたりと話すのも、あと何日なんだろう。
　そう考えると、ちょっと悲しくなってくる。
「おはよう」
「おはよ、心愛っ」
　自分の席についたら、レミちゃんと舞香ちゃんは私のそばに歩み寄ってきた。
「心愛、今日はどうだったの？」
「靴箱に例のあれ入ってた？」
　ふたりの言葉に私は眉を下げてうなずき、ポケットから真っ白な封筒の手紙を取り出した。

それを舞香ちゃんが受け取り、「読んでないわよね？」と確認してくる。
「うん。読んでないよ。凪くんがいたもん」
「坂野くんがいなくても読まないでほしいけどね」
　神妙な表情で言って、封筒から１枚の紙を取り出す舞香ちゃん。
　そして書かれた内容をレミちゃんとふたりで読み、顔をしかめた。
　読んでいない私でも、内容はだいたいわかってる。
　最近、毎日靴箱に手紙を入れられてる。
　一人称が"僕"だから、男の子からなんだと思うけれど。
　内容はすべて、凪くんと別れることをうながす文面で。
「悪質なストーカーね……」
「気持ちわる〜」
　あごに手を当ててため息をつく舞香ちゃんと、自分の体を抱きしめるようにして震えるレミちゃん。
　ストーカー……なの？
　ストーカーって、好意を抱く人につきまとうことを言うんじゃ……？
　これは、私と凪くんが付き合ってることをよく思ってないだけじゃないのかな……。
「心愛！　落ち込んじゃだめだよ」
「レミちゃん……」
「心愛は、ふつうにしとけばいいの。気にしなくていいわ」
「舞香ちゃん……。ふたりともありがとう」

優しいなあ。
やっぱりふたりのこと、大好きだ。
「でも心愛、本当に坂野くんには言わなくていいの？」
「うん！　心配かけたくないもん」
「そう……」
　心配そうに私を見る舞香ちゃんに、私は笑顔を返す。
　凪くんは心配性だし。
　それに、手紙だけなら全然平気だもん。
　きっとすぐに、終わってくれる……。
　そう思っていたけれど、それから数日たっても、靴箱の中にはやっぱり真っ白な封筒の手紙があった。
　しかも……2通に増えてる。
「おっはよ〜、心愛ちゃん」
「わ！　く、栗原くんっ。……おはよ！」
　となりに並んだ栗原くんに驚いて、すぐさま手紙をブレザーのポケットにしまった。
　とっさに笑ってあいさつするけど、栗原くんは怪訝そうな表情を向けてくる。
「心愛ちゃん？　いま……」
　言いかけたところで、「心愛」と凪くんが私を呼ぶ。
　栗原くんは凪くんを振り返って、「坂野くんおはよー」と笑った。
　ほっ。
　聞かれずにすんだ……。
「じゃあ、先に行ってるね！」

栗原くんに笑って、凪くんと階段へ向かう私。
　不自然じゃなかったよね？
　うん、きっと大丈夫。
　凪くんと別れて、私は自分の教室のあるもう１階上へ上がっていく。
　おどり場に差しかかったとき、うしろから誰かに、ポケットに入っている手紙をすっと抜き取られた。
「っ、え!?」
「隠しごとはだめだよ、心愛ちゃん」
　振り返ると、手紙２通を顔の横にかかげて不敵に笑む栗原くんがいて、私はさーっと顔を青くした。
　み、見つかっちゃった……！
「これ。ストーカーくんからのでしょ？」
「ど、どうしてそれを……？」
「舞香から聞いた。坂野くんはともかく、俺にも言わないなんて水くさいじゃんか〜」
　なにも返せない私に「なんてね」と冗談ぽく言うと、栗原くんは私のとなりを通って階段を上がっていく。
　そのあとを追いかけながら、私は困った表情を浮かべた。
「舞香ちゃん、どうして……」
「そりゃあ、心愛ちゃんのこと助けたいからでしょ。本気で悩んでるみたいだったよ。だから、怒らないでやって？」
　そう、だったんだ……。
　私のこと、本当に想ってくれてる。
　そんなの、怒れるわけないよ。

「ねえ、心愛ちゃん。これ俺も読んでいいよね？」
「あ……う、うん」
　もうバレちゃってるなら……いっか。
　でもこの手紙は、読んでもいい気持ちにはならない。
　とっても怖い。
　言葉にすごく、威圧感がある。
「栗原くん。凪くんには、絶対、言わないでね……？」
「……しょうがないなぁ。りょーかい」
　あきれたように笑いながら言った栗原くんに、ほっと安心する。
　教室に入ったら、栗原くんは私の前の席の舞香ちゃんに話しかけた。
「舞香、おはよ。これ、心愛ちゃんのストーカーからの手紙〜」
「え？　……2通？」
「このままエスカレートして、1日に10通とか来たら怖いねえ」
「ふざけんな、ばか」
　舞香ちゃんは手紙を受け取りながら、栗原くんの金髪の頭をぽかりとたたく。
　だけどそんなに強くなくて、なんだか微笑ましくなった。
　付き合っているって報告は聞いてない。
　だけど、栗原くんは呼び捨てしてて、舞香ちゃんもなんだか優しくなってて。
　雰囲気的にも、お互い好き合ってるんじゃないかなあと

思う。
　そんなこと言ったら、舞香ちゃんは顔を赤くして全否定するんだろうけれど。
　初めは険悪な関係だったから、とってもうれしい。
「心愛。心愛は読んでないわよね？」
「うん、大丈夫だよ」
　初めて手紙をもらったとき以来、手紙は読んでいない。
　舞香ちゃんに禁止されているから。
　私は自分の席について、1通ずつ手紙を読むふたりのことをじっと見つめた。
「ん？　舞香。ちょっとそっちのも見せて」
「は？　まだ読み終えてないでしょ」
「ちょっと気になることがあって」
「……っ、近い！」
「えー、いいじゃん。なに照れてんの？　かわいー」
「っばか！　殴られたいの!?」
　……本当にほほ笑ましいなあ。
　まるで彼氏彼女みたいに言い合っているふたりを見て、心がほわほわする。
　舞香ちゃんからもう1通の手紙を受け取った栗原くんは、2枚を見くらべてから「うーん」と首をかしげた。
「なによ」
「……これさあ、別の人が書いてるんじゃない？　字体がちがうよ」
　そう言って、舞香ちゃんに2枚を見せる栗原くん。

別の人？

それって、ちがう人が1通ずつ手紙を出してきたってこと？

そんなにも、私と凪くんの仲をよく思わない人がいるのかな……。

悲しくなっていたら、舞香ちゃんは「たぶんちがうわよ」と首を振った。

「筆圧が同じじゃない。内容も似てるし。字体なんて意識すれば変えられるんだから、同一人物だと思うけど」

「そっか。あ、でも俺が読んだほうは丸文字だし、男子が書いたようには……」

ふたりの分析を聞いていると、横からぽんと肩をたたかれた。

そちらを見れば、いま登校してきたらしいレミちゃんがいた。

「おはよう、レミちゃんっ」

「おはよ！ ふたりとも、朝からいちゃついてるね～」

レミちゃんが口元に手を当て、にやにやしながら私の前を見る。

やっぱりレミちゃんからも、そう見えるみたいだ。

栗原くんたちの仲は、いまやクラス公認みたいなものだもんなあ。

「ところで。ふたりが読んでる手紙って、やっぱり例の？」

「うん……。いつまで続くのかなあ」

ついうつむいた私の頭を、レミちゃんが「よしよし」と

優しくなでてくれる。
「でも、この手紙、いつ入れられてるんだろうね。朝はやくに登校して確認しても、すでに入ってたし」
「ね……あっ！　も、もしかして……っ」
「うん？　もしかして？」
「もしかして……幽霊さんのしわざ……!?」
　がくがくと震えながら私が放った言葉に、レミちゃんは数秒きょとんとして。
　そのあとなぜか、「かわいい!!」と私に飛びついてきた。
　れ、レミちゃん……。
　幽霊さんは、かわいいよりも怖いと思います……。

どうして、ほかの女の子に？

放課後。
いつもどおりふたりで帰り道を歩いていると、凪くんが「なあ」と真面目な声で話しかけてきた。
「お前さ、最近なんか隠してるだろ」
　──ぎくっ。
「え!?　いや、え、な……なんのこと？」
「ごまかせてると思ってる？」
　怒ってるのかなと恐る恐る目線をとなりに持ち上げてみたら、凪くんはどちらかというと心配そうな表情を向けていた。
　そのことに、ちょっとだけ安心する。
「うそとか隠しごととか、俺の前じゃ無駄だってわかってるよな？」
「あ、えっと……う」
　そうだよね。
　何年も、ずーっとそばにいた幼なじみなんだから、わからないはずがない。
　正直に話したほうがいいのかな。
　だけど……。
「でも……その、」
「でも？」
「凪くんに話すほどの、ことでも、ないから……」

ほとんど消え入った声。
　けれどたしかに凪くんの耳に届いたようで、それから凪くんは口を開かなくなった。
　今度こそ怒らせてしまったかもしれない。
　そう思ったけど、怖くて凪くんの顔を確認することができなかった。
「明日の放課後は用事あるから、お前は先に帰ってて」
　家の前についてから凪くんはそれだけ言って、私に背をむけて自分の家に入ってしまった。

　次の日の朝。
　私はしょぼんとしながらレミちゃんと舞香ちゃんに、昨日のことを話した。
「だから言ったじゃない。坂野くんにも知らせたほうがいいんじゃないのって」
「やっぱり男の子って、彼女からは頼られたいものなんだよ？」
　私はふたりのそんな言葉を聞いて、うつむきがちに「ううう……」とうなる。
　今朝も、凪くんはどことなく態度がちがった。
　素っ気ないっていうか……。
　きっと、ううん絶対に傷つけた。
「でも、そのせいで凪くんが私と別れるって言うとか……」
「それは絶対ないわね」
　おずおずと不安を口にする私の言葉をさえぎり、強い口

調で断言する舞香ちゃん。
　レミちゃんもそのとなりで、力強く「うんうん！」とうなずいていて。
　私はすがるように、ふたりを見上げた。
「ほ、本当……？」
「当たり前でしょ。坂野くんが心愛を手放すわけないわ」
「心愛ってば、自分がどれだけ愛されてるかわかってないでしょ〜」
　どれだけ愛されてるか。
　それは……恥ずかしいけれど、わかっているつもりで。
　だけど、だからこそ、凪くんは私を想って別れようと言うんじゃないかって……。
　ネガティブな思考にはまってしまう私に、「考えすぎよ」と舞香ちゃんがため息をつく。
　考えすぎ、なのかなあ……。
「やっぱり、坂野くんには言っておいたほうがいいわね」
「坂野くんが心愛に別れを告げる可能性なんて、ゼロパーセントに決まってるし！　心愛がいなくなったら坂野くん、生きていけなさそうだもん」
　舞香ちゃんの助言と、レミちゃんのはげましが、私の心に響く。
　そっか……。そうだよね。
　自信を持って、凪くんを信じなくちゃ。
　私は凪くんの、彼女なんだから！
「うん、わかったっ。じゃあ、今日ちゃんと凪くんに話し

てみるね……！」
　凪くんに打ち明けることを心に決めた私は、そうふたりに笑ってうなずいた。

　さっそくお昼休み、凪くんのクラスへ赴いた。
　でも、凪くんはちょうど不在で。
　もしかして避けられてる？と不安になったけれど、林くんによれば「女の子に告白されてる」んだそう。
　もやもやがくすぶるこの気持ちの正体は、嫉妬だってもう知ってる。
「凪に用事？　俺が言っとこっか？」
「ううん！　ありがとう。自分で言いたいことだから」
　林くんに笑顔を返して、私は自分のクラスへ戻った。
　凪くんは放課後も、先生に呼び出されているらしい。
　じゃあ私は先に帰らずに、靴箱で凪くんを待っておこう。
　そしてちゃんと、凪くんに手紙のことを話すんだ。

　やってきた放課後。
　人気(ひとけ)のなくなった靴箱で、ひとり凪くんを待つ私。
　まだかなあ、凪くん……。
　スマホを取り出して時刻を確認していると、すぐそばの階段から下りてくる、凪くんのクラスの先生を見つけた。
「先生！」
　職員室への廊下を歩いていこうとする先生に呼びかけ、駆け寄る。

凪くんを呼び出したはずなのに。
　どうしてひとりなんだろう？
「なんだ、まだ残ってたのか。暗くなる前に帰れよ」
「は、はい。あの、な……坂野くんといっしょじゃないんですか？」
「坂野？　ああ、話なら終わったよ。あいつのこと待ってたのか？　……たしか坂野、教室に寄ってくって言ってたはずだぞ」
　凪くんの居場所を教えてくれた先生にお礼を言って、私は待ちきれずに凪くんの教室へ向かった。
　３階まで駆け上がり、少し乱れた息を整える。
　そして、廊下の角を曲がったとき。
　──私は、目を疑った。
　私のいるところから数メートル先。
　ちょうど凪くんの教室前の、廊下。
　その壁に女の子を押しつけている、凪くんがいたから。
「え……」
　かすれた小さな声が、私の口からこぼれ落ちる。
　それに気づかない凪くんは、拘束している女の子の手首を壁に押さえつけて、身動きをとれないようにしていて。
　私から見えるふたりは、いまにもキスできそうで……。
「やっ、やだっ……。坂野く……」
　女の子が真っ赤な顔をしていやがるのもかまわずに、まっすぐその子を見つめる凪くんは、とても真剣な表情。
「なあ、はっきり言えよ。……俺のこと好きだから、なに？」

「っ、坂野くん……っ」
「言うまで、絶対に逃がさねえから」
　なに……？
　どういう、こと？
　頭が真っ白になって、ただ呆然と立ち尽くすだけの私。
　その光景を、見つめるしかできない。
　けれど、こんなところにいたら、凪くんに気づかれてしまう。
　そう思った私は、なんとか足を動かして、その場から立ち去った。
　おぼつかない足で階段を下りて、靴箱につくと。
　……みるみる涙があふれ出してきた。
　靴箱に手をつき、嗚咽をこらえる。
　やだよ……っ。
　やだよ、凪くん。
　どうしてほかの女の子に、あんなことしてるの……？
「あら？　心愛ちゃん？」
　ぎゅっと目をつぶったとき、耳に届いた声。
　そちらを向けば、サト先輩が小首をかしげて歩み寄ってきた。
　私の涙を見ると、目を見開かせるサト先輩。
「どうしたの？」
「な、凪くんが……ほかの女の子に……っ」
「え？　ほかの女の子？」
「っ、なんでも、ないです……！　ごめんなさいっ！」

悲しくて悲しくて、とてもこの先は言えなくて。
　私はサト先輩に頭を下げて、生徒玄関を飛び出した。
　息が上がって、涙で視界がにじんで、頭の中はさっきの光景がずっと離れなくて……。
　痛む胸を押さえながら、振り切るように家まで全力で走った。

あいつしか好きになれねえよ

【凪side】
　心愛が教室に来ていた。
　林からそんな報告を受けたのは、昼休みが終わり、予鈴が鳴ってから。
　午後の授業の準備をしていた俺は、驚いて林を見た。
「は!?　心愛が……!?」
「ああ。おまえに言いたいことがあるみたいだったよ」
「マジかよ!」
　タイミング悪すぎだ。
　名前も知らない女に呼び出されたせいで。
　もしかしたら、最近隠していることを俺に教えようと思って、来てくれたのかもしれないのに……。
「なになに?　お前らケンカしてたの?」
「うっせーな」
「だめじゃーん。俺とサト先輩みたいに映画デートするくらいラブラブじゃないとさあ?」
　にやにやしながら、聞いてもない近況報告をしてくる林をにらむ。
　相変わらず仲いいみたいでけっこうだ。
　ちょっとした修羅場が起これば、もっとけっこうなのに。
　そう心の中で八つ当たりしながら「今日の放課後に仲直りするし」とつぶやけば、林は苦笑した。

「いやいや。お前、今日は担任に呼ばれてんじゃん」
「……」
　あー、くそ……っ。
　つくづくタイミングが悪い。
　じゃあ今日は、もしかしたらもう心愛には会えないのか。
　今朝、素っ気ない態度をとっていた自分をうらんだ。
　いくら、素直に打ち明けてくれない心愛に怒ってたからって……。
　ほんとに俺って、いつまで経っても子どもっぽい……。
「はあ……」
「ため息つくと幸せ逃げるぞ～」
「お前はもうだまれ。ウザい」
　林に暴言を吐いたあと、机に突っ伏して落ち込んだ心に浸る。
　次……心愛に会ったら。
　怒ってごめんって謝って、心愛の隠してることを聞いて、それから彼氏に隠しごとした罰として。
　……ぎゅって、絶対に抱きしめてやる。

　放課後。
　担任から書類を受け取り、資料室を出ようとしたとき。
　ブレザーのポケットに、スマホが入っていないことに気づいた。
「……あれ」
「どうした？　暗くなる前に早く帰れよ～」

「いや、スマホなくて。……教室に忘れたかも」
　あ、思い出した。
　机の中に入れっぱなしだった。
　俺はドアを開けたまま、振り返って担任を見る。
「教室に寄りたいんだけど、まだ鍵って開いてるよな？」
「ああ、開いてると思うぞ。……って、先生にタメ口はやめなさい」
　担任の言葉にはいっさい耳を貸さず、俺は「失礼しました〜」と資料室をあとにした。
　自分の教室へ向かうと、数人の女子がにぎわっているのが中から聞こえた。
　うわ……最悪。
　げんなりしながらも、教室のドアを開けようとしたとき。
「ってかさあ。いい加減、佐伯さん、坂野くんと別れないかな〜」
　中から聞こえた女子の言葉に、ドアにかけた手がぴくっと反応する。
　……は？
　いま、なんて言った？
「こうやって毎日、別れろって手紙出してあげてるのにぃ」
「最近は２通に増やしたんでしょ？　ほんと悪質なんだから〜」
「そうそう。わざわざ字とか変えてあげてるんだよ。男子と女子と、両方からもらったらダメージも大きいっしょ？」
「きゃはは！　じつは同一人物が書いてました〜って？」

かん高い声で笑う女の言葉に、体の奥からなにかが込み上げてくる。
　別れろって、手紙。
　心愛は俺に、そんなことひと言も言っていなかった。
　なら、それが……心愛の隠してたことか。
「さーて、書き終えた！　さっそく佐伯さんの靴箱に……」
　──ガラッ！
　大きな音を立てて開いたドアに、中にいた女たちがぴしりと固まった。
　席から立ち上がった状態の女の手には、２通の手紙が。
「さ、坂野くんっ……!?」
「その手紙。誰に出すって？」
「えっ、いや！　えっと……！」
　目を泳がせひどく混乱している女に、俺は冷え切った視線を返す。
「お前、心愛にいやがらせしてたのかよ」
「ち、ちがっ」
「ちがわねーだろ！」
　俺の怒声に、そいつがびくりと肩を震わせる。
　まわりのやつらも、気まずそうに身を縮こませていて。
「だ、だって……！　あ、あたしっ、入学式のころから坂野くんが好きで……っ!!」
　持っている手紙をぎゅっと強くにぎりしめて、震えた声で打ち明けられた。
　その直後に自分の言ったことにハッとした様子で、そい

つは涙をためて教室を飛び出した。

　意味、わかんねえ。

　好きだから、なんだよ。

「待てよ！」

　とっさに廊下に出た女の手をつかみ、ドンッと乱暴に壁にその体を押しつける。

「やっ、やだっ……」

　心愛がずっとがまんしていたことに気づけなかったやるせなさや、心愛にいやがらせをしていた女子に対するイラだちに支配される。

　気を抜いたら、相手が女でも殴ってしまいそうで。

　それだけはしないために心を落ちつかせ、俺は真剣に、目の前で顔を真っ赤にしている女を見た。

「はっきり言えよ。……俺のこと好きだから、なに？」

「っ、坂野くん……っ」

「言うまで、絶対逃がさねえから」

　ぽろぽろと、その瞳から涙がこぼれていく。

　足元には、２通の手紙が落ちていた。

　うつむいてそれを見つめながら、相手は観念したように口を開いた。

「ず、ずっと、好きだったのに……。坂野くんは、いつだって、佐伯さんのことしか見てなくて……っ」

「……」

「それがすごく、くやし、かったからっ！　別れればいいのに、って……！」

ガンッ！と鈍い音が響いたあと、壁を殴った拳に痛みが走った。
　けれど痛みよりも、怒りがこみあげて仕方がない。
「俺が心愛のこと、手放すと思ってんの？」
　自分が発した声は、思っていたよりも低く響いて。
　手首の拘束をといたにもかかわらず、女は完全に萎縮した表情で俺を見上げる。
「これ以上、あいつになにかしたら絶対に許さねぇ」
「っ……」
「俺が心愛以外の女を好きになることなんか絶対ありえねーから。あきらめろ」
　冷たい言葉を浴びせて体を離すと、崩れ落ちる女。
　両手で顔を覆い、「ごめんなさい……」と小さく謝罪を口にした。

　教室に入れば、数人も同様に怯えた表情で俺を見て。
　イライラがおさまらないまま、俺は机からスマホを取り出して教室を出た。
　あいつらもおもしろがってたわけだ。
　心愛を傷つけるのを、だまって見てた。
　……きっと、あいつら以外にも俺らのことをよく思わないやつらはたくさんいる。
　以前、心愛が女の先輩に水をかけられそうになったことを思い出した。
　どうすれば、心愛に危害がおよばなくなるか。

考えをめぐらせながら階段を下りていると、下から見覚えのある先輩がのぼってくるのが見えた。
「あ。凪くんじゃない」
「サト先輩……」
「ねえ、あなたたちケンカでもしたの？」
　ケンカ？
　なんで、サト先輩がそんなことを知って……。
「……あ、林に聞いたんですか？」
「林くん？　ちがうわよ。さっき、靴箱のところで心愛ちゃんと会ったんだけど」
「え？」
「心愛ちゃん、泣いてたわよ。凪くんがほかの女の子に、とだけ言って、走って帰っちゃって。凪くん、心愛ちゃん以外の女の子になにかしたの？」
　泣いて、た？
　俺がほかの女に、って言って？
　心愛以外の女に……。
「っもしかして……」
「心あたりがあるなら、はやく謝ったほうがいいわ。心愛ちゃん、すっごく傷ついた顔していたから」
　信じたくない……けど。
　もしかしたら、心愛はさっきの光景を見ていたのかもしれない。
　イライラしてて気づかなかったけれど、はたから見ればたぶん誤解されてもおかしくない状況だった。

マジで、最悪だ。
　今日はタイミングが悪いことが多すぎる。
「サト先輩、ありがとうございます。それじゃっ」
「ええ。じゃあね」
　サト先輩と別れて、俺は急いで学校を出た。
　でも、もう心愛は家についてしまったようで、追いつくことはできなかった。
　電話をしてもつながらなくて、家に押しかけようかとも思ったけれど。
　ふとあることを思いついた俺は、しばらく考えたあと、心愛のもとへは向かわずそのまま家に帰った。

ずるいくらいかっこいいです

　どうしよう。やってしまった。
　昨日あんな光景を目のあたりにしたばかりで、平然と凪くんと登校できる気がしなくて。
「ううっ……。凪くんのこと置いてきちゃったよ〜……」
　次の日の朝。
　悲しい気持ちでいっぱいの私の頭を、事情を知った舞香ちゃんが前の席から優しくなでてくれる。
　レミちゃんはそのとなりで、困った顔をしていて。
「あの坂野くんがそんなことするなんて、信じられないけどね……」
「でも、見たんだもん……」
「人ちがい……は、さすがにないか。心愛に限って」
　人ちがいなら、どれだけよかっただろう。
　でも、はっきりとこの目で見たんだ。
　私じゃない女の子に迫ってる、凪くんのこと……。
「っていうか、坂野くんももう登校してきてるんじゃないの？　なんでうちのクラスに来ないのよ」
　若干憤りを含んだ声で、舞香ちゃんが教室の入り口を見やる。
　来ないのは当たり前だよ。
　私が昨日あんなところを見ていたなんて、凪くんは知らない。

隠しごとがあるから避けてるんだって、そうとらえているはずだ。
「私……すごく感じ悪い子だ……」
　じわりとにじんできた涙。
　うつむいてぽつりとつぶやいた私は、付き合い始める前のことを思い出した。
　あのときも……こんな感じだったっけ。
　凪くんはサト先輩のことが好きなんだって思って、幼なじみを終わらせるために凪くんから離れた。
　もう二度とあんな気持ちは味わいたくないって、思ってたのに……。
「心愛はなにも悪くないよ！　責任があるとしたら坂野くんだし！」
「心愛。心愛が行けないなら、私が坂野くんに言いにいってあげようか？」
　優しく気遣ってくれる言葉に、私はふるふると首を振る。
　ふたりには心配かけっぱなしだ。
　今日は靴箱に例の手紙は入っていなかった。
　それは、本当によかったけれど……。
　結局、朝に凪くんが教室に訪れることはなく、私は落ち込んだ気分のまま午前の授業を受けた。

　お昼休み。
　相変わらずテンションの戻らない私。
　水曜日の放送はサト先輩が担当なので、いつもより騒が

しい教室内。
　とっても落ちついてて、大人っぽい声だ。
　余裕のあるサト先輩ならきっと、こんなぐるぐるした気持ちになんてならないんだろうな……。
　スピーカーから流れる先輩の声を聞きながら、サンドイッチを食べていると。
　突然、そのスピーカーから、ドアが開くような音がした。
　教室内が少し静かになって、クラスメイトがスピーカーのほうに視線をやる。
『な……っ、凪くんっ!?』
　あせった声でサト先輩が呼んだ名前に、私は驚いて目を見開いた。
　え……？　な、凪くん……？
『先輩、ちょっと代わってください』
『えっ、代わってくださいって……』
『全校生徒に言いたいことあるんで』
　たしかに凪くんの声がスピーカー越しに聴こえる。
　放送部室に、乱入するなんて。
　まさかあの凪くんがそんなことをするとは思わなくて、あ然としてしまう。
　舞香ちゃんもレミちゃんも栗原くんでさえ、目をぱちくりさせてる。
　しーんと静まり返った教室内に、凪くんが息づかいだけが聞こえた。
『単刀直入に言うけど。俺と心愛が付き合ってることに不

満があるやつは、直接俺に言いに来いよ』
　ふたたびざわめきが起こり、クラスメイト全員が私に注目する。
　私はすぐに理解ができなくて、ただ目をしばたかせた。
　なっ、なに言ってるの……？
「えっ……？」
『別に俺はなにを言われたって心愛と別れるつもりなんかねえけど。気に入らないからって心愛を傷つけるやつは、絶対に許さねえから』
　どきん、どきん、どきん……。
　凪くんの声に、言葉に、だんだんと速くなっていく鼓動。
　体温がじわじわと上がっていき、胸がきゅうっと強く締めつけられる。
『俺の大事な彼女になにかしたら、誰だろうと容赦しねえ』
「……っ」
　やっぱり、凪くんは……。
　私にとってヒーローで、王子さまだね……。
　私は気づけば、がたんと席を立っていて、ぎゅっと両手をにぎってレミちゃんと舞香ちゃんを見た。
「わ、私……行ってくるっ！」
　衝動的に、というか、体が勝手に動いた。
　凪くんに会いにいけって、私の全部が命令してる。
　教室を出たら、レミちゃんの「おう、がんばれー！」って声が、背中から聞こえた。
　凪くん！　凪くん、凪くん、凪くんっ！

大好きだよ、凪くん——。
「——凪くんっ!!」
　長い廊下の先に、大好きな彼の姿がこちらに歩いてくるのを見つけて。
　私は大好きな名前を呼んで、駆け寄って、そのままぎゅっと凪くんに抱きついた。
「凪くんっ……!!」
「心愛っ。びっくりした……」
「び、びっくりしたのは私だよ！　あんな、いきなりっ！」
　うれしくてうれしくて、思わず涙が出ちゃうよ。
　大好き。すっごく、すーっごく、大好きだよ……！
「絶対、たくさん勇気必要だったでしょ？　私、あんなこと、怖くてできないよ。ずるいよ、凪くん……。ほんとに、かっこよすぎるよ……っ！」
　震える涙声で必死に話す私。
　凪くんは軽く笑って、私を抱きとめた。
　そして落ちつかせるみたいに優しく、頭をぽんぽんとなでられる。
「うん、ちょっとやりすぎかと思ったけど。……でも、お前が傷つけられないためなら、あれくらいできるよ」
「う……っ、凪くんっ……」
「ごめんな、心愛。手紙とか、いやがらせされてるって気づけなくて」
　そんなの、話せなかった私が悪いのに。
　絶対、凪くんのこと傷つけちゃったのに。

どうして凪くんが手紙のことを知っているのか不思議に思ったけれど、それよりも凪くんが私のためにあそこまでしてくれたことがうれしすぎて。
　私は涙をこらえて、首を振った。
「私こそごめんね、凪くん……っ。隠しごとして、傷つけちゃったよね」
「あー……うん。それはふつうに傷ついたけど」
「ほっ、本当にごめんね……!!」
　申し訳なくて何度も謝る私に、凪くんは苦笑を浮かべた。
「じゃあこれからは、隠しごとなしってことで。……心愛。俺に聞きたいこととか、あるんじゃねえの？」
「え……？」
「昨日の……放課後のこととか。あのときの、見てたんだろ？」
「っあ……」
　凪くんが女の子に迫っていた光景。
　それを思い出して心が苦しくなったけれど、それを察したかのようにぎゅっと強くなる抱擁。
「誤解させることして、ごめん。でも、心愛を不安にさせることじゃ絶対ないから」
「ほん、とに……？」
「うん。全部ちゃんと話すよ。……だからさ、」
　凪くんはそこまで言うと、優しい笑顔で私の顔をのぞき込んだ。
「ここ、誰もいないし。……話が終わったら約束どおり、

心愛からたくさんキスしてくれる?」
　耳元で甘くささやかれる、凪くんからのお願い。
「……っ」
　途端に私が真っ赤になったのは、言うまでもありません。

                              FIN.

あとがき

　はじめまして。またはお久しぶりです！　天瀬ふゆです。
　このたびは数あるケータイ小説の中から『新装版　好きって気づけよ。～幼なじみと甘い恋～』を手に取ってくださり、ありがとうございます！

　本作は天瀬ふゆの処女作であり、デビュー作です。
　2014年に行われた野いちごグランプリにてピンクレーベル賞をいただき、同年10月に書籍化させていただきました。
　あれから４年７ヶ月後、大人になってから再びこの作品と向き合うことになるとは夢にも思わず、ご連絡をいただいたときはありがたく思うと同時に「中学生のときに書いた作品を読み返すなんてとんでもない苦行だ……」と悶絶を覚悟しました。

　いざ編集作業がはじまると、まず文章の拙さにどこから修正を入れるべきか途方に暮れ、心愛のあまりの天然っぷりや凪くんの大胆っぷりに突っ込みが追いつかず、本編以上に甘すぎる番外編や特別編（書籍には初収録ですが、こちらも2014年に書いた内容です）には、「ひたすら砂糖菓子を食べさせられてるみたい」と過去に読んでくれたことのある友人に泣きついたほどでした。

よくも悪くも、いまの自分が進んで書こうとは思わない内容です。
　しかしながら、当時の自分がどれだけ純粋にケータイ小説を書くことを楽しんでいたかが痛いほど伝わってきて、「昔の自分エネルギッシュだなあ」なんて考えたりもしました。何年たっても大切な作品、愛しいキャラたちです。

　時間が許す限り加筆修正をほどこし、時代に合わせてパワーアップさせた新装版を、過去に読んでくださったことのある方にも、今回はじめて手に取ってくださった方にも、少しでも楽しんでいただければいいなあと思います。
　とことん一途でとびきり甘々なお話なので、悶絶にご注意ください（笑）

　最後になりましたが、かわいすぎるカバーイラスト、挿絵などを描いてくださったかなめもにかさまはじめ、この本の制作に関わってくださったみなさま。いまでも交流してくださる作家さま、応援してくださる読者さま、支えてくれる友人。本当に本当にありがとうございます。みなさま大好きです！
　そして読んでくださったあなたに、最大級の感謝と愛情を込めて！

2019年5月　天瀬ふゆ

作・天瀬ふゆ（アマセ　フユ）
12月31日生まれのB型女子。『好きって気づけよ。』で野いちごグランプリ2014ピンクレーベル賞を受賞。その後、『スターズ＆ミッション』で2015年日本ケータイ小説大賞優秀賞を受賞する。『冷たいキミが好きって言わない理由』ほか多数書籍化（すべてスターツ出版刊）。現在もケータイ小説サイト「野いちご」で活躍中。

絵・かなめもにか（カナメ　モニカ）
福岡県出身。漫画家/イラストレーターとして活動中。

ファンレターのあて先
♥
〒104-0031
東京都中央区京橋1-3-1
八重洲口大栄ビル7F

スターツ出版（株）書籍編集部 気付
天瀬ふゆ 先生

本作は2014年10月に小社より刊行された
「好きって気づけよ。〜幼なじみと甘い恋〜」に、加筆・修正をしたものです。

この物語はフィクションです。
実在の人物、団体等とは一切関係がありません。

KEITAI SHOUSETSU BUNKO SINCE 2009

新装版 好きって気づけよ。~幼なじみと甘い恋~

2019年5月25日　初版第1刷発行

著　者	天瀬ふゆ ©Fuyu Amase 2019
発行人	松島滋
デザイン	カバー　金子歩未 フォーマット　黒門ビリー&フラミンゴスタジオ
DTP	久保田祐子
編　集	相川有希子　酒井久美子
発行所	スターツ出版株式会社 〒104-0031 東京都中央区京橋1-3-1　八重洲口大栄ビル7F 出版マーケティンググループ　TEL03-6202-0386 (ご注文等に関するお問い合わせ) https://starts-pub.jp/
印刷所	共同印刷株式会社 Printed in Japan

乱丁・落丁などの不良品はお取替えいたします。上記出版マーケティンググループまで
お問い合わせください。
本書を無断で複写することは、著作権法により禁じられています。
定価はカバーに記載されています。

ISBN　978-4-8137-0685-4　C0193

ケータイ小説文庫　2019年5月発売

『新装版　好きって気づけよ。』天瀬ふゆ・著

モテ男の凪と天然美少女の心愛は、友達以上恋人未満の幼なじみ。想いを伝えようとする凪に、鈍感な心愛は気づかない。ある日、イケメン転校生の栗原が心愛に迫り、凪は不安になる。一方、凪に好きな子がいると勘違いした心愛はショックを受け…。じれ甘全開の人気作が、新装版として登場！
ISBN978-4-8137-0685-4
定価：本体590円+税

ピンクレーベル

『学年一の爽やか王子にひたすら可愛がられてます』雨乃めこ・著

クラスでも目立たない存在の高校2年生の静音の前に、突然現れたのは、イケメンの爽やか王子様の柊くん。みんなの人気者なのに、静音とふたりだけになると、なぜか強引なオオカミくんに変身！「間接キスじゃないキス、しちゃうかも」…なんて。甘すぎる言葉に静音のドキドキが止まらない!?
ISBN978-4-8137-0683-0
定価：本体590円+税

ピンクレーベル

『ルームメイトの狼くん、ホントは溺愛症候群。』＊あいら＊・著

高2の日奈子は期間限定で、全寮制の男子高に通う双子の兄・日奈太の身代りをすることに。1週間とはいえ、男装生活には危険がいっぱい。早速、同室のイケメン・嵐にバレてしまい大ピンチ！　でも、バラされるどころか、日奈子の危機をいつも助けてくれて…？　溺愛120%の恋シリーズ第4弾♡
ISBN978-4-8137-0684-7
定価：本体590円+税

ピンクレーベル

『新装版　逢いたい…キミに。』白いゆき・著

遠距離恋愛中の彼女がいるクラスメイト・大輔を好きになった高1の葉月。学校を辞めて彼女のもとへと去った大輔を忘れられない葉月に、ある日、大輔から1通のメールが届き…。すれ違いを繰り返した2人を待っていたのは!?　驚きの結末に誰もが涙した…感動のヒット作が新装版として復刊！
ISBN978-4-8137-0686-1
定価：本体570円+税

ブルーレーベル

ケータイ小説文庫　好評の既刊

『幼なじみの榛名くんは甘えたがり。』みゅーな**・著

高２の雛乃は隣のクラスのモテ男・榛名くんに突然キスされ怒り心頭。二度と関わりたくないと思っていたのに、家に帰ると彼がいて、母親から２人で暮らすよう言い渡される。幼なじみだったことが判明し、渋々同居を始めた雛乃だったけど、甘えられたり抱きしめられたり、ドキドキの連続で…⁉

ISBN978-4-8137-0663-2
定価：本体590円＋税

ピンクレーベル

『俺が意地悪するのはお前だけ。』善生茉由佳・著

普通の高校生・花穂は、幼い頃幼なじみの蓮にいじめられてから、男子が苦手。平穏に毎日を過ごしていたけど、引っ越したはずの蓮が突然戻ってきた…！　高校生になった蓮はイケメンで外面がよくてモテモテだけど、花穂にだけ以前のままの意地悪。そんな蓮がいきなりデートに誘ってきて…⁉

ISBN978-4-8137-0674-8
定価：本体590円＋税

ピンクレーベル

『新装版　眠り姫はひだまりで』相沢ちせ・著

眠るのが大好きな高１の色葉はクラスの"癒し姫"。旧校舎の空き教室でのお昼寝タイムが日課。ある日、秘密のルートから隠れ家に行くと、イケメンの純が！　彼はいきなり「今日の放課後、ここにきて」と優しくささやいてきて…。クール王子が見せる甘い表情に色葉の胸はときめくばかり⁉

ISBN978-4-8137-0664-9
定価：本体590円＋税

ピンクレーベル

『ずっと消えない約束を、キミと』河野美姫・著

高校生の渚は幼なじみの雪緒と付き合っている。ちょっと意地悪で、でも渚にだけ甘い雪緒と毎日幸せに過ごしていたけれど、ある日雪緒の脳に腫瘍が見つかってしまう。自分が余命わずかだと知った雪緒は渚に別れを告げるが、渚は最後の瞬間まで雪緒のそばにいることを決意して…。感動の恋物語。

ISBN978-4-8137-0665-6
定価：本体580円＋税

ブルーレーベル

ケータイ小説文庫　好評の既刊

『悪魔の封印を解いちゃったので、クールな幼なじみと同居します!』神立まお・著

突然、高2の佐奈の前に現れた黒ネコ姿の悪魔・リド。リドに「お前は俺のもの」と言われた佐奈はお祓いのため、リドと、幼なじみで神社の息子・晃と同居生活をはじめるけど、怪奇現象に巻き込まれたりトラブル続き。さらに、恋の予感も!?　俺様悪魔とクールな幼なじみとのラブファンタジー!

ISBN978-4-8137-0646-5
定価:本体590円+税

ピンクレーベル

『一途で甘いキミの溺愛が止まらない。』三宅あおい・著

内気な高校生・菜穂はある日突然、父の会社を救ってもらう代わりに、大企業の社長の息子と婚約することに。その相手はなんと、超イケメンな同級生・蓮だった!　しかも蓮は以前から菜穂のことが好きだったと言い、毎日「可愛い」「天使」と連呼して菜穂を溺愛。甘々な同居ラブに胸キュン!!

ISBN978-4-8137-0645-8
定価:本体590円+税

ピンクレーベル

『腹黒王子さまは私のことが大好きらしい。』＊あいら＊・著

超有名企業のイケメン御曹司・京壱は校内にファンクラブができるほど女の子にモテモテ。でも彼は幼なじみの乃々花のことを異常なくらい溺愛していて…。「俺だけの可愛い乃々花に近づく男は絶対に許さない」──ヤンデレな彼に最初から最後まで愛されまくり♡　溺愛120%の恋シリーズ第3弾!

ISBN978-4-8137-0647-2
定価:本体590円+税

ピンクレーベル

『求愛』ユウチャン・著

高校生のリサは過去の出来事のせいで自暴自棄に生きていた。そんなリサの生活はタカと出会い変わっていく。孤独を抱え、心の奥底では愛を欲していたリサとタカ。導かれるように惹かれ求めあい、小さな幸せを手にするけれど…。運命に翻弄されながらも懸命に生きるふたりの愛に号泣の感動作!

ISBN978-4-8137-0662-5
定価:本体590円+税

ブルーレーベル

ケータイ小説文庫　好評の既刊

『今すぐぎゅっと、だきしめて。』Mai・著

中学最後の夏休み前夜、目を覚ますとそこには…なんと、超イケメンのユーレイが！ヒロと名乗る彼に突然キスされ、彼の死の謎を解く契約を結んでしまったユイ。最初はうんざりしながらも、一緒に過ごすうちに意外な優しさをみせるヒロにキュンとして…。ユーレイと人間、そんなふたりの恋の結末は!?
ISBN978-4-8137-0613-7
定価:本体590円+税

ピンクレーベル

『総長に恋したお嬢様』Moonstone(ムーンストーン)・著

玲は財閥令嬢で、お金持ち学校に通う高校生。ある日、街で不良に絡まれていたところを通りすがりのイケメン男子・燐斗に助けられるが、彼はなんと暴走族の総長だった。最初は怯える玲だったけれど、仲間思いで優しい彼に惹かれていって…。独占欲強めな総長とのじれ甘ラブにドキドキ!!
ISBN978-4-8137-0611-3
定価:本体640円+税

ピンクレーベル

『クールな生徒会長は私だけにとびきり甘い。』*あいら*・著

高1の莉子は、女嫌いで有名なイケメン生徒会長・湊先輩に突然告白されてビックリ！　成績優秀でサッカー部のエースでもある彼は、莉子にだけ優しくて、家まで送ってくれたり、困ったときに助けてくれたり。初めは戸惑う莉子だったけど、先輩と一緒にいるだけで胸がドキドキしてしまい…？
ISBN978-4-8137-0612-0
定価:本体590円+税

ピンクレーベル

『キミに捧ぐ愛』miNato(ミナト)・著

美少女の結愛はその容姿のせいで女子から妬まれ、孤独な日々を過ごしていた。心の支えだった彼氏も浮気をしていると知り、絶望していたとき、街でヒロトに出会う。自分のことを『欠陥人間』と言う彼に、結愛と似たものを感じ惹かれていく。そんな中、結愛は隠されていた家族の秘密を知り…。
ISBN978-4-8137-0614-4
定価:本体590円+税

ブルーレーベル

ケータイ小説文庫　2019年6月発売

『DARK NIGHT-史上最強の男に愛されて-Ⅰ (仮)』ゆいっと・著

高校生の優月は幼い頃に両親を亡くし、児童養護施設「双葉園」で暮らしていた。ある日、かつての親友からの命令で盗みを働くことになってしまった優月。警察につかまりそうになったところに現れたのは、なんと最強暴走族「灰雅」のメンバーで…?　人気作家の族ラブ・第1弾!
ISBN978-4-8137-0707-3
予価:本体500円+税

ピンクレーベル

『お前を好きになって何年だと思ってる?』Moonstone（ムーンストーン）・著

高校生の美愛と冬夜は幼なじみ。茶道家元跡継ぎでサッカー部エース、成績優秀のイケメン・冬夜は美愛に片思い。彼女に近づく男子を陰で追い払い、10年以上見守ってきた。でも超天然のお嬢様の美愛には気づかれず。そんな美愛がある日、告白されて…。
ISBN978-4-8137-0706-6
予価:本体500円+税

ピンクレーベル

『新装版　恋する心は"あなた"限定』綴季（つづき）・著

恋に奥手だった由優は憧れの理緒と結ばれ、甘い日々過ごしている。自信がなくて不安な気持ちでいた由優を理緒は優しく包み込んでくれて…。クリスマスのイベント、バレンタイン、誕生日…。ふたりの甘い思い出はどんどん増えていく。『恋する心は"あなた"限定』待望の新装版。
ISBN978-4-8137-0708-0
予価:本体500円+税

ピンクレーベル

『新装版　いつか、眠りにつく日 (仮)』いぬじゅん・著

修学旅行の途中で命を落としてしまった高2の蛍。彼女の前に"案内人"のクロが現れ、この世に残した未練を3つ解消しないと成仏できないと告げる。蛍は、未練のひとつが5年間片思い中の蓮への告白だと気づくけど、どうしても彼に想いが伝えられない。蛍の決心の先にあった、切ない秘密とは…!?
ISBN978-4-8137-0709-7
予価:本体500円+税

ブルーレーベル

書店店頭にご希望の本がない場合は、
書店にてご注文いただけます。